Die Hauptpersonen

Hans Kilper:	ein Zyniker mit Herz
Anne Muthesius:	ein Licht unter dem Scheffel
Dr. Philipp Steinbach:	ein Idealist mit Scheuklappen
Horst Kanzleiter:	ein Opfer mit Selbstbeteiligung
Erwin («Luzifer») Pichowiak:	ein Problemfall mit einer Pistole
Johannes («Joe») Heusel:	ein Typ, der über Leichen geht
Kathrin Steinbach:	ein Mädchen, das es besser wissen sollte
Annerose Auerbach:	ein Muster an Pflichterfüllung
Kriminalassistent Haussmann:	ein unter Schwaben leidender Norddeutscher
Hauptkommissar Bienzle:	ein Schwabe

Dies ist ein Roman.
Die auftretenden Personen
sind frei erfunden,
und die geschilderten
Ereignisse haben so nie
stattgefunden. Hoffentlich
finden sie nie statt.

F. H.

1

«Eigentlich ist das Ganze eine Schnapsidee», sagt Hans Kilper zu dem dicken Wirt des Goldenen Adler in Weihersbronn; «man kommt sich vor wie ein Zwischending zwischen Polizeischnüffler und Dreckspatz ... Noch einen Klaren, bitte!»

Der Wirt schiebt den Schnaps über die Theke, an der Kilper lehnt – ein fast zwei Meter großer, breitschultriger, bärtig-bulliger Typ, der sich von den dörflichen Gästen in vielem unterscheidet. Sein kariertes Jackett mit den auffallenden Lederflecken auf den Ellbogen hat Kilper vor einem Jahr in London gekauft, dazu trägt er elegante dunkelbraune feingerippte Kordhosen, die – völlig stilwidrig – in billigen gelben Plastikstiefeln stecken. Zwischen den Zähnen hält er eine gewichtige Pfeife und reckt das Kinn vor, als müßte er ihr zusätzlichen Halt geben.

«Sie werden nichts finden», stellt der Wirt fest und geht mit vier Weingläsern auf einem Tablett zum Stammtisch, um die Neuigkeit weiterzutragen. «Ein Zeitungsmensch», sagt er zu den behäbig um den weißgescheuerten Holztisch sitzenden Einheimischen; «der sucht eine Atombombe bei uns ...» Er lacht dröhnend.

Kilper ist dem Wirt gefolgt: «Man kann nie wissen», sagt er. «So idiotensicher sind unsere Atomkraftwerke dann auch wieder nicht.»

«Die passen schon auf», sagt der Wirt. «Seit zehn Jahren machen die da draußen Strom, und bis jetzt ist alles ganz normal gewesen. Das ist doch Panikmache mit der Strahlung. Ich kann nur sagen, unser Dorf hat bis jetzt nur profitiert.»

Für den Wirt ist die Diskussion damit beendet. Er verschwindet in der Küche. Kilper steht unschlüssig mitten in der schwäbischen Wirtschaft – ein Fremdkörper in der ländlichen Idylle.

«Was suchet Sie denn?» fragt einer der Männer am Stammtisch.

«Darf ich mich zu Ihnen setzen?» fragt Kilper zurück.

«Des wird mr Ihne ja schlecht verbieta könna», gibt der Weihersbronner zurück.

Dann schweigen sie erst einmal alle am Tisch. Kilper wird es ungemütlich. Er, der gewohnt ist, ohne großen Respekt mit jenen Leuten zu reden, von denen behauptet wird, daß sie das Sagen haben, findet hier keinen so rechten Anfang. Schließlich sagt einer der Stammtischbrüder in seinem Dialekt: «Ja, ja, so isch's no au wieder» und verfällt wieder in das Schweigen am runden Tisch. Kilper räuspert sich.

«Vor vier Wochen wurde beim Kernforschungszentrum in Karlsruhe Atommüll gefunden», sagt er. «Auf einer ganz normalen, öffentlichen Müllkippe.»

Die Männer nehmen's schweigend zur Kenntnis.

«120000 Millirem haben Leute von einer Umweltschutzgruppe gemessen. In Schlammresten, die da schon lange lagern.»

«Was ist das, Millirem?» fragt einer der Einheimischen und nimmt einen Schluck von seinem samtroten Wein.

«Damit mißt man die Strahlung radioaktiver Substanzen . . . Man kann Krebs davon kriegen», sagt Kilper.

Die Tischrunde zeigt sich nicht sonderlich beeindruckt. Ein dicker Mann bestellt bei der Bedienung, einer schmalen, schwarzhaarigen Jugoslawin, noch einen Wein:

«Geh Duschankale, breng mr no en Trollinger.»

«Sind Sie Winzer?» fragt Kilper.

«Mhm!» bestätigt der Dicke.

«Wissen Sie schon, daß das Weihersbronner Kraftwerk vergrößert werden soll?»

«Mhm.»

«Und haben Sie sich einmal darum gekümmert, wie das die Wetterverhältnisse hier im Neckartal verändern wird?»

«Wieso, was hat das denn mit dem Wetter zu tun?» fragt der zurück und fällt dabei in die Schriftsprache des Gastes.

«Pro Tag 960000 Kubikmeter Wasser, das aus dem Neckar genommen und zum Teil als Dampf über die Kühltürme in die Atmosphäre entlassen wird», doziert Kilper gestelzt, «bei Inversionswetterlagen ergibt das eine enorme Zunahme des Nebels, weniger Sonneneinstrahlung, weniger Süße im Wein, oder?»

Auf einmal blicken alle am Tisch auf. Der dicke Winzer ruft das Mädchen aus Jugoslawien: «Geh, Duschankale, breng dem Herrn a Viertele Trollinger uf mei Rechnung!»

Kilper lächelt in sich hinein. Nächste Woche wird er den Kollegen in Hamburg erzählen, wie er diese verschlossenen Weingärtner und Bauern herumgekriegt hat, und seine Geschichte wird mit den Vorgängen in Weihersbronn gar nicht mehr so viel zu tun haben.

Zwei Stunden später verläßt Kilper den Goldenen Adler. Der ungewohnte Rotwein hat seine Glieder schwer gemacht.

Er stapft unschlüssig durch das schlafende Dorf. Am Nachthimmel erkennt er, nur wenig gegen den schmalen, spitzen Kirchturm versetzt, die runde Kuppel des Kernkraftwerks, die nachts von Scheinwerfern angestrahlt wird.

«Scheiße», murmelt er vor sich hin. Ein richtiger Auftrag ist das nicht, den ihm die Redaktion da gegeben hat . . .

Kaum waren die Meldungen über die Atommüllfunde in Karlsruhe bekannt geworden, da hatte ihn schon sein Chef zu sich kommen lassen.

«Kilper, der Auftrag mag ein wenig seltsam klingen, aber auch die Chefredaktion hält die Idee für richtig: Sie organisieren sich einen Geigerzähler, und dann nehmen Sie sich Zeit, solange Sie wollen. Sie suchen alle Müllkippen in der Nähe unserer Atomkraftwerke ab – es muß ja leicht herauszukriegen sein, wo die jeweils ihren Dreck hinkarren. Wenn es in Karlsruhe getickt hat, ist es leicht möglich, daß auch noch woanders strahlenintensiver Müll zu finden ist.»

Kilper hatte seinen Chef ungläubig angestarrt und heftig an der erkalteten Pfeife gezogen. «Das ist doch ziemlich unsinnig!»

«Mag sein. Aber erstens haben wir sowieso saure Gurkenzeit, und zweitens ist die Aktion auch dann sinnvoll, wenn die Chance, daß wir, beziehungsweise daß Sie, etwas finden, eins zu hundert steht.»

Darüber konnte man streiten. Aber Kilper wußte genau, wie wenig Sinn das hatte, deshalb fragte er nur: «Angenommen, ich finde solches radioaktiv verseuchte Zeug: Was mache ich damit?»

«Sie beschaffen sich am besten die notwendige Ausrüstung, um Proben von dem Müll zu verpacken, wenn Sie einen Verdacht haben. Dann bringen Sie den Mist zu einem einschlägig bewanderten Strahlenfachmann, und lassen die Gefährlichkeit bestimmen.»

Kilper hatte widerwillig genickt und überlegt, daß er bei einer solchen Recherchenfahrt eine ganze Menge Spesen machen würde. Zudem war ja gegen einen schlauen Job, der eine Reise durch die ganze Bundesrepublik eintrug und bei dem aller Wahrscheinlichkeit nach noch nicht einmal eine Zeile zu schreiben sein würde, nichts einzuwenden . . . Als ob sein Chef diese Gedanken erraten hätte, sagte er: «Ein Report über die deutschen Kernkraftwerke, ihre Probleme mit den Menschen im Umland und so weiter – das müßte allemal rausspringen dabei.»

Wieder murmelt Kilper leise «Scheiße!» und wirft der Betonhaube am Dorfrand einen bösen Blick zu. Er muß an diesen Dr. Steinbach denken, praktischer Arzt und Geburtshelfer in Weihersbronn und Vorsitzender der Bürgerinitiative ‹Pro Umwelt – contra KKW›. Bei ihm hatte er sich die Information darüber beschafft, wo das Kraftwerk gemeinhin seinen Müll hintransportiert. Ein ruhiger, souveräner Mann, der ihm absolute Diskretion zugesichert hat.

«Sobald heraus ist, was Sie hier suchen, wird der Teufel los sein», hatte der Arzt gemeint. «Sie glauben ja gar nicht, wie emotionsgeladen diese Auseinandersetzung um das Kernkraftwerk ist. Am besten reden Sie mit niemandem darüber.»

Nun hat er doch geredet, und wenn er etwas unternehmen will, noch ehe die Nachricht von seinen Absichten das Kraftwerk erreicht, muß es noch in dieser Nacht sein – das ist ihm klar.

Kilper steigt in seinen Wagen und fährt los. Den Weg hat ihm Doktor Steinbach beschrieben. Ein schmales Sträßchen führt vom Kraftwerk bergauf durch Obstbaumwiesen und endet drei Kilometer weiter direkt vor dem hohen Zaun, hinter dem der Müllplatz der Gemeinde Weihersbronn liegt.

Der Müllplatz dampft. Schwaden üblen Verwesungsgeruchs ziehen durch den schmalen Fensterspalt, den Kilper geöffnet hat. Er muß sich überwinden, auszusteigen und den handlichen Geigerzähler aus dem Kofferraum zu holen.

Der Platz ist vorschriftsmäßig eingezäunt und durch ein hohes Lattentor verschlossen. Ob das Hausfriedensbruch oder so etwas ist? denkt Kilper, als er an dem Maschendrahtzaun hochklettert. Die Taschenlampe, die er dabei zwischen die Zähne klemmt, gibt ihm nur wenig Licht, aber die Nacht ist hell, so daß die Kletterei ziemlich einfach ist. Er steigt über, läßt sich auf der anderen Seite fallen und stößt gleich einen Fluch aus, weil er bis zu den Knöcheln in Schlamm versackt.

Der Strahl der Taschenlampe irrt über die Kippe. Offensichtlich hat eine Planierraupe den oberen Teil plattgewalzt. Nach etwa zwanzig Metern fällt der Müllberg steil ab. Kilper wird übel. Der Gestank ist kaum auszuhalten. Steinbach hat ihm erzählt, daß vom Kraftwerk vor allem der Schlamm heraufgebracht wird, den die Rechen zum Fluß hin festhalten, damit Kühlwasserzufluß und Abwasserabfluß einigermaßen sauber gehalten werden . . . Tote Fische, vergorener Flußschlamm und so was, denkt Kilper; man sollte ein Paket davon in die Redaktion nach Hamburg schicken!

Dann bleibt er aber ruckartig stehen.

Der Geigerzähler in seiner Hand scheint verrückt zu spielen. Nach dem langsamen Tack-tack-tack-tack, das er noch am Zaun vernahm, fängt das kleine Gerät plötzlich zu rattern an wie ein Maschinengewehr . . . Kilper steht da wie versteinert. Das kann nicht sein! denkt er; das Gerät muß eine Macke haben! Er richtet den Lichtkegel der Taschenlampe auf die Skala.

Sie reicht von Null bis 500000 Millirem; 120000 Millirem haben die Fachleute in Karlsruhe gemessen . . . Der Zeiger seines Geräts schlägt über den Skalenrand hinaus.

Kilper zieht sich schrittweise zurück bis zum Zaun. Das Rattern geht wieder in das langsamere Tack-tack-tack über, und der Zeiger bleibt nun bei knapp 90000 Millirem stehen.

Kilper klettert über den Zaun und holt aus seinem Wagen eine kleine Schaufel und zwei Plastiksäcke. Und weil ihm der Weg über den Zaun zu mühevoll wird, tritt er kräftig gegen das Lattentor, das ohne Widerstand aufspringt.

Rasch, so als ob er sich verbrennen könnte, schaufelt er ein paar

Schlammbatzen in die Tüten. Noch einmal leuchtet er die Stelle ab. Da entdeckt er einen kleinen grünen Zettel. Er zieht ihn aus der stinkenden Masse heraus. LAUFZETTEL KKW WEIHERSBRONN steht da gedruckt; darunter, mit Hand geschrieben: *Sieben Rohrstücke für Werkstatt II.*

Kein Zweifel, der Müll, den er da geschöpft hat, stammt aus dem Kernkraftwerk.

Eine halbe Stunde später steht Kilper unter der Dusche seines Hotelzimmers im Goldenen Adler und versucht, den Geruch von toten Fischen und Gärschlamm loszuwerden. Die beiden Plastiksäcke hat er unter dem Waschbecken deponiert.

Ohne ersichtlichen Grund und ohne nachzudenken, steigt er plötzlich aus der Dusche heraus, tapst ins Zimmer, holt sich den Geigerzähler und hält ihn an die beiden Müllpakete. Das Instrument antwortet mit einem minimalen, kaum zu registrierenden Ausschlag. Er öffnet die Säcke trotz des Gestanks – Reaktion des Geräts gleich Null . . . Noch immer nackt und tropfend geht er zum Telefon.

«Kurz», antwortet eine verschlafene Stimme.

«Kilper hier; Sie erinnern sich – ich bin der Reporter, dem Sie den Geigerzähler geliehen haben.»

«Sind Sie wahnsinnig? Es ist zwei Uhr nachts!»

«Professor», sagt Kilper aufgeregt. «Sie müssen mir nur eine Frage beantworten!»

«Na, nu bin ich schon mal wach», knurrt der andere.

«Wenn auf einer Müllkippe, auf der unzweifelhaft Schlamm aus einem Kernkraftwerk abgelagert ist, der Geigerzähler weit über die Skala hinaus ausschlägt . . .»

«Machen Sie Witze?» brüllt Kurz zurück.

«Ich berichte, sonst nichts», sagt Kilper ziemlich scharf. «Also, wenn der Zeiger weit über die Skala hinaus ausschlägt, und wenn ich dann eine Schlammprobe nehme, wegschaffe und eine Stunde später noch mal messe und die Probe praktisch keine Reaktion hervorruft, was . . .»

«Wissen Sie überhaupt, was Sie da sagen? Haben Sie eine Ahnung, was das bedeuten würde?» schreit Professor Kurz am anderen Ende der Leitung.

«Nee», sagt Kilper wahrheitsgemäß.

«Das bedeutet, daß in dem Müllhaufen eine Strahlenquelle stecken muß, die hinter eine dicke Bleiwand gehört!»

«Ich versichere Ihnen, Professor, wenn Ihr Geigerzähler keinen Fehler hat, dann ist dies auf der Müllkippe in Weihersbronn der Fall.»

«Wie weit ist es von hier bis zu Ihnen?» fragt Kurz knapp.

«Ich schätze, daß man es von Heidelberg aus in eineinhalb Stunden schaffen kann.»

«Erwarten Sie mich in zwei Stunden am Ortseingang», sagt Kurz und hängt auf.

Die Begrüßung fällt nicht sonderlich freundlich aus. Niemand könnte sagen, wer aufgeregter ist, der Reporter oder der Professor. In Kilpers Wagen kurven die beiden zu der Müllkippe hinauf. Kurz sagt kein Wort, steigt aus, zieht aus einer abgeschabten Aktentasche ein Gerät und schreitet auf die Müllkippe. Kilper zeigt ihm ebenso stumm den Weg zu der Stelle, an der er den heftigsten Ausschlag registriert hat. Nun fängt auch das Gerät des Professors an, Geräusche von sich zu geben.

«1,2 Millionen Millirem . . .» murmelt Kurz.

«Sehr gefährlich?» fragt Kilper.

«Wenn Sie die Strahlenquelle, die das aussendet, in der Hosentasche direkt neben den Hoden tragen, sollten Sie zumindest keine Kinder mehr zeugen», gibt Kurz bissig zurück und fängt an mit Kilpers kleiner Schaufel zu graben.

Kilper schimpft sich selbst einen Idioten, daß er keinen Fotografen bestellt hat. Diese gespenstische Szene müßte man im Bild haben. Zwei Meter unter ihm, von der Taschenlampe angestrahlt, schuftet der weißhaarige Physiker wie ein Bauarbeiter im Akkord.

«Da – da ist es!» ruft er plötzlich; «gehn Sie zur Seite . . .» Ein kleines Päckchen fliegt knapp an Kilpers Kopf vorbei und landet auf der planierten Fläche der Müllkippe. Kurz steigt herauf. Er atmet schwer.

«Granatensauerei!» prustet er. «Geh'n Sie da weg!» Er rennt zu seiner Tasche und holt ein Bleigefäß, das wie ein großes Marmeladenglas aussieht. Erst als er das Päckchen in dem Behälter hat, atmet er ruhiger. «Ionenaustauscher, eingeschweißt in ein Plastiktäschchen», erklärt er.

Kilper hat gerade hin- und hergerechnet, ob er seine Geschichte noch für die nächste Ausgabe zustande bringt. «Was ist das, ein Ionenaustauscher?»

«Gibt es in jeder kerntechnischen Anlage. Das sind kleine Kunstharzkügelchen, welche die Fähigkeit haben, bestimmte Materialien, auch radioaktive Materialien, an sich heranzuziehen und dafür ungefährliche abzugeben. So wird beispielsweise leicht verseuchtes Kühlwasser gereinigt.»

«Aha», sagt Kilper. Das hört sich gut an.

«Wir müssen die Polizei alarmieren», bestimmt Kurz.

Das hört sich nicht gut an. «Hören Sie mal – das ist eine Exklusiv-Story! *Meine* Story!» wendet Kilper ein. «Wenn die Polizei davon weiß, erfährt es auch die Tagespresse; dann ist die Geschichte rum, ehe ich sie bringen kann – schließlich erscheinen wir nur einmal wöchentlich.»

«Jetzt hören Sie mal zu», sagt Kurz: «Es kümmert mich einen Dreck, was das für euch Zeilenschinder bedeutet; ich trage jetzt die Verantwortung, und ich sage, daß hier die Polizei und der Strahlenschutzzug zu erscheinen haben! Und zwar auf dem schnellstmöglichen Weg.»

Kilper rechnet: Es ist die Nacht zum Samstag; am Montag erscheint sein Blatt . . . Gefahr droht nur von den Sonntagszeitungen.

«Kein Problem», sagt der Chefredakteur 20 Minuten später; «wir geben eine Meldung an dpa: ‹Reporter der WOCHE entdeckt Atommüll› – dann sind wir selber Teil der Nachricht, und niemand kann uns das Erstgeburtsrecht nehmen, klar?»

Kilper lächelt: «Klar!» Welcher Reporter träumt nicht davon, selbst einmal Schlagzeilen zu machen?

Als Kilper wieder zur Müllkippe zurückkehrt, gleicht das stinkende Plätzchen am Waldrand einer Filmszene. Scheinwerfer leuchten das Gelände aus. Polizisten hasten hin und her. Ein großer Kastenwagen mit der Aufschrift STRAHLENSCHUTZZUG steht direkt am Lattentor. Professor Kurz diskutiert wild gestikulierend mit drei Männern. Kilper tritt hinzu.

«Das ist er», sagt Kurz.

Ein hagerer, etwa fünfzigjähriger Mann dreht sich um und brüllt Kilper an: «Sie bringe ich ins Gefängnis!»

«Der Bürgermeister», erklärt Kurz.

Ein drahtiger kahlköpfiger Mann kommt auf den Reporter zu und zischt ihn an: «Wie kommen die Ionenaustauscher auf diese Müllkippe?»

Kilper zuckt die Achseln. «Da müssen Sie schon die Helden vom Kernkraftwerk fragen.»

«Ich bin der technische Leiter des Kernkraftwerks!» brüllt der andere zurück, «und es ist absolut unmöglich, daß dieses Päckchen mit unserem Müll hier herausgekommen ist – *ab-so-lut* unmöglich . . . Wenn es von uns stammt, dann muß es jetzt im ehemaligen Salzbergwerk Asse liegen, 1000 Meter unter der Erde, in Glas eingegossen und in einer Tonne versiegelt.»

Kilper schreibt sich die Details ungerührt auf. «Tatsache ist», sagt er dann, «daß wir es vor eineinhalb Stunden hier gefunden haben.»

«Nachdem Sie's vorher hineinpraktiziert haben, was?» schreit der Bürgermeister.

Kilper schaut ihn befremdet an: «Das ist doch nicht Ihr Ernst?»

«Sie oder ein anderer», brüllt der Gemeindevorsteher; «das ist doch ein gemeines, abgefeimtes Spiel gegen den Ausbau des Werks!»

Kilper schreibt eifrig, dann hebt er den Blick und fragt den technischen Leiter ganz ruhig: «Sagen Sie, Herr . . .?»

«Bindernagel», knurrt der.

«Sagen Sie, Herr Bindernagel, kann das Päckchen aus Ihrem Werk sein, ja oder nein?»

«Wir verwenden solches Material; es kann von uns sein. Aber es kann nicht auf diese Müllkippe gelangen, darauf kommt es an!»

«Schlamperei ausgeschlossen?» fragt Kilper.

Bindernagel wendet sich wortlos ab und geht zum Rand der Müllkippe, wo nun Professor Kurz den Polizisten genau den Fundort beschreibt. Ein Beamter steckt numerierte Täfelchen in den Schlamm; ein Polizeifotograf macht Aufnahmen davon. Kilper geht zu einem Beamten und fragt:

«Wer ist denn hier euer Boss?»

Der Polizist deutet auf einen gemütlich aussehenden grauhaarigen Uniformierten: «Dort steht er.»

Kilper geht zu ihm. «Werde ich hier in den nächsten zwei Stunden gebraucht?» fragt er. «Mein Name ist Kilper, Reporter bei der WOCHE; ich würde gern meinen Artikel durchtelefonieren.»

«Sie haben uns das also eingebrockt», sagt der Beamte, und sein Lächeln paßt nicht zu dem ziemlich grimmig hervorgestoßenen Satz.

«Nein», sagt Kilper bestimmt. «Ich habe das Zeug zwar entdeckt, aber ich habe es weder hergestellt noch hierhergebracht . . . Wissen Sie, ich gehöre nicht zu den Reportern, die ein Haus anstecken, nur um über einen Brand berichten zu können.»

«Sie werden morgen vernommen», sagt der Polizist. «Und wenn wir Sie brauchen, wissen wir ja, wo Sie zu erreichen sind. Gute Nacht!»

«Guten Morgen», sagt Kilper und schaut zu den Baumwipfeln hinauf, die gerade in das zarte Rot der ersten Sonnenstrahlen getaucht werden.

2

Kilper hat verschlafen. 10.00 Uhr zeigt der Wecker auf dem schäbigen Hotel-Nachttischchen.

«Mist», murmelt er und schwingt die Beine aus dem Bett, läßt sich aber sofort wieder zurückfallen. Den stechenden Schmerz knapp oberhalb des linken Hüftknochens kennt er: Bandscheibe.

«Daß mir das gerade jetzt passieren muß», knurrt er und nimmt einen zweiten Anlauf. Er schafft es bis zur halben Höhe, dann bleibt er gebeugt stehen, verkrampft und mit schmerzverzerrtem Gesicht. Kilper hangelt sich an der Wand entlang zum Badezimmer und läßt Wasser in die Wanne laufen. Ein heißes Bad wird ihm guttun. Da klingelt das Telefon.

Er humpelt zum Bett zurück. «Ja, Kilper!»

«Was ist denn mit Ihnen los? Seit wann seufzen Sie Ihren eigenen Namen?» fragt der Ressortchef aus Hamburg.

«Diese Scheißbandscheibe!»

«Ausgerechnet jetzt? Das sollten Sie sich für später aufsparen!»

«Ich wußte doch, Mitgefühl ist Ihre starke Seite», knurrt Kilper und kriecht wieder unter die Bettdecke.

«Was ich Ihnen sagen wollte: Die Story ist top, und wir haben sie noch untergekriegt. Eine Vorausmeldung an dpa ist gestern abgegangen, muß heute überall in den Nachrichten laufen . . . Sie sind am nächsten dran, und Sie bleiben dran. Und sorgen Sie dafür, daß Sie vorne bleiben, klar?»

«Also, da wär ich nie drauf gekommen», raunzt Kilper.

«Soll ich Ihnen noch einen Mann schicken?»

«Wenn, dann höchstens eine Frau.»

«Auch das können Sie sich sparen», bellt der Chef.

Kilper bellt zurück: «Dieser Verlag hat keine echten Sozialleistungen!»

Es klopft an der Tür.

«Chef, bei mir klopft es – ich muß auflegen», sagt Kilper. «Ich denke, das ist die Polizei; die haben sich schon angekündigt.»

«Also, nicht vergessen: Wir müssen immer das Doppelte von den anderen wissen, und das noch doppelt so schnell.»

«Ja doch», knurrt Kilper, «sollen Sie haben. Soll ich's als Schmuckblatt-Telegramm durchgeben?» Er knallt den Hörer auf die Gabel und stemmt sich ächzend von seinem Lager hoch.

Wieder klopft es. Kilper humpelt gebeugt zur Tür, so wie er aufsteht, nackt. «Komme ja schon!» Er macht die Tür auf, und im gleichen Moment steht er kerzengerade.

Anne Muthesius starrt entgeistert auf den nackten Riesen im Türrahmen. Umdrehen? Augen schließen? Wegrennen? Eintreten, als ob nichts wäre? Schließlich tut sie nichts von alledem, sondern bleibt einfach stehen und starrt auf den breiten, dicht behaarten Brustkasten des Mannes.

«Sie haben meine Bandscheibe geheilt», sagt Kilper. «Eine Art Schockbehandlung; das hilft manchmal . . .» Er macht zur Probe ein paar Drehungen in der Hüfte, die in dieser Situation ein bißchen lasziv wirken.

«Was . . . Was habe ich?» stottert Anne Muthesius.

«Moment», sagt Kilper; mit ein paar raschen Schritten geht er ins Zimmer und holt sich einen braunen, flauschigen Bademantel. «Alles in Ordnung!» ruft er. «Sie können eintreten.»

Anne Muthesius geht hinein.

Auf dem einzigen Stuhl im Zimmer liegen Kilpers unordentlich hingeworfene Kleider, das Bett ist zerwühlt. Im Bad rauscht noch immer das Wasser. Kilper stellt es ab und lehnt sich in den Rahmen der Tür zum Bad.

«Was verschafft mir die Ehre?» fragt er und schaut das verlegen dastehende Mädchen an. Sie mag einssiebzig groß sein; das halblang geschnittene, frisch gewaschene Haar umrahmt ein attraktives, slawisch anmutendes Gesicht mit hohen Backenknochen, schmalen blauen Augen, einer etwas zu kleinen Nase und einem vollen, wunderschönen Mund. Die Figur ist zierlich: schmale Hüften, kleine, vermutlich feste Brüste; die Beine schlank, aber etwas zu kurz . . . Sie sollte Schuhe mit höheren Absätzen tragen, denkt Kilper. Das faszinierendste aber ist dann ihre Stimme – samtweich, leise und ein wenig zu tief.

«Ich muß mich entschuldigen», sagt sie.

Kilper macht eine wegwerfende Handbewegung. «Schon gefrühstückt?» fragt er.

Sie nickt. «Schließlich ist es schon nach zehn Uhr.»

«Na, dann können wir ja zur Sache kommen.»

«Ich bin eine Kollegin von Ihnen», sagt Anne Muthesius zögernd. «Vom *Weihersbronner Tagesanzeiger*, das ist ein Kopfblatt der *Neckarzeitung*.»

«Volontärin?»

«Jungredakteurin im zweiten Jahr . . .» Vergeblich sucht sie nach Spott in seinen Augen.

«Aha. Und nun soll ich Ihnen erzählen, was das alles war, heute nacht?»

«Am liebsten ja.» Sie zieht einen Block aus ihrer Umhängetasche.

«Stört es Sie, wenn ich das von der Badewanne aus mache?»

Sie schüttelt irritiert den Kopf.

Mit einem tiefen Seufzer läßt sich Kilper in das heiße Wasser gleiten. «Schmeißen Sie die Klamotten vom Stuhl und machen Sie es sich bequem», ruft er vom Bad her. «Also, dann . . . Ich habe von meinen Bossen einen idiotischen Auftrag bekommen . . .» Er erzählt knapp und präzis. Anne Muthesius hat Mühe, mitzuschreiben.

Als er fertig ist, sagt sie: «Danke schön . . . das war sehr nett von Ihnen. Sie glauben gar nicht, wie sehr mir das hilft. Damit komme ich zum erstenmal auf die überregionalen Seiten.»

Kilper tritt, in ein Frotteetuch gewickelt, aus dem Badezimmer. «Vor zwölf Jahren hatte ich auch einmal Ihren Job. Nicht hier natürlich, in Pinneberg bei Hamburg. Ich hatte damals fürchterliche Angst, ich könnte mich blamieren. Kein Abi, kein Studium – daß die mich genommen hatten, war das reine Wunder . . . Na ja. Ich bin dann auf dem Rückweg von meinen Recherchen immer zuerst auf meine Bude gerannt, habe den Artikel in den Notizblock geschrieben, also fertig ausformuliert. Dann bin ich in die Redaktion gerast, habe den Block neben meine Maschine gelegt, kurz nachgedacht und dann das Werk ohne abzusetzen ins Manuskript gehämmert. Keine Probleme mit Überschrift, Unterzeile, Vorspann oder gar Artikelanfang. Schon nach ein paar Tagen hatte ich den Spitznamen ‹Naturtalent›», und nach einem Jahr wurde ich Redakteur.»

«Sie haben den fertigen Artikel als Notizen ausgegeben? Das war aber doch der reine Bluff», sagt Anne Muthesius.

«Stimmt», lacht Kilper. «Und wenn Sie jetzt mal aus dem Fenster sehen, kann ich mich rasch anziehen.»

«Ich kann doch gehen – wir sind ja fertig.»

«Ich dachte, Sie hätten vielleicht Lust, mit hinauszufahren zum Kernkraftwerk.»

«Ein Angebot, das man nicht ausschlagen kann», sagt sie und dreht sich zum Fenster.

«Au, verdammte Scheiße!» brüllt Kilper Sekunden später.

Anne Muthesius fährt herum. Tief gekrümmt steht er mitten im Zimmer, die Hose bis knapp zu den Knien hochgezogen, regungslos, erstarrt, schmerzverzerrt.

«Es ist lächerlich», stöhnt er, «ich bin ein Krüppel . . . Am besten wird es sein, Sie fahren allein los. Ich muß irgendwie sehen, wie ich wieder in die Senkrechte komme.»

«Unsinn», sagt Anne Muthesius resolut, «ich helfe Ihnen.» Sie geht zu ihm hinüber. «Stützen Sie sich auf meine Schulter.» Ohne ein Wort zu sagen, hält sich Kilper an ihr fest. Mit geschickten Handgriffen zieht Anne Muthesius den Kollegen vollends an. «Können Sie gehen?»

«Ich kann's versuchen.»

«Wenn es Ihnen recht ist, fahre ich», sagt Anne Muthesius und wirft ihre Tasche über die Schulter.

«Kennen Sie einen Arzt hier, der mir auf die Schnelle eine Spritze verpassen könnte?»

«Klar, Dr. Steinbach.»

«Das ist doch der Umweltschützer, nicht?»

«Ja, genau.»

Im Auto bittet Kilper: «Erzählen Sie mir mehr von diesem Umweltdoktor.»

«Ach, der ist ganz in Ordnung . . . Nur mit seinen Mitgliedern, da hat er manchmal Kummer.»

«Kummer? Wieso?»

«Na ja, gelegentlich schießt da mal einer über's Ziel hinaus. Letztes Jahr hat man einen Sprengsatz im inneren Bereich des Kernkraftwerks gefunden, eine Plastikbombe oder so etwas.»

«Davon habe ich nirgendwo etwas gelesen.»

«Können Sie auch nicht. ‹Im übergeordneten Sicherheitsinteresse› oder wie das heißt hat die Presse darauf verzichtet, darüber zu berichten.»

«Ist das Ihr Ernst?»

«Klar. Die Macht der Presse liegt hier in den Händen von zwei leitenden Lokalredakteuren, und die spielen Skat mit dem Bürgermeister und dem KKW-Chef Bindernagel.»

«Und wer hat die Bombe gelegt?»

«Das wurde nie ganz geklärt.»

«Was heißt ‹nie ganz›? Wurde es denn halb geklärt?»

«Der Verdacht fiel auf einen Mechanikermeister im Kernkraftwerk, der Mitglied von Steinbachs Umweltschutztruppe ist. Dieser Mann gilt als besonders harter Gegner des Kraftwerkausbaus.»

«Ein Mitarbeiter des Atomkraftwerks?»

«Ja. Die Umweltschützer haben eine ganze Reihe Mitglieder im KKW, das ist nichts Ungewöhnliches hier. Aber dieser Horst Kanzleiter, so heißt der Mechaniker, hat in irgendeiner Wirtschaft eben mal geäußert, man müßte eine Bombe legen, um die Welt aufzurütteln.»

«Sagen Sie das noch mal! Ein Mann, der im Kernkraftwerk sein Brot verdient, will es in die Luft jagen? Das gibt doch gar keinen Sinn.»

«Sie müssen wissen, daß viele der Umweltschützer sich mit dem KKW abgefunden haben; sie verlangen nur mehr Sicherheitsvorkehrungen, und vor allem wollen sie den Ausbau verhindern. Ihnen genügt es sozusagen, den Status quo zu erhalten. Und der Kanzleiter gehört zu diesen Leuten, aber er ist auch ein Hitzkopf, vor allem, wenn er was getrunken hat. Und außerdem gilt er als einer der besten Techniker im Werk . . . Ich habe übrigens keine Sekunde geglaubt, daß er es war.»

Kilper, der nun sehr nachdenklich geworden ist, sagt lange nichts. Anne Muthesius hält auf dem kleinen Weihersbronner Marktplatz. Unter einem riesigen Kastanienbaum plätschert ein Brunnen, die Fachwerkhäuser umstehen den Platz wie die penibel gemalte Kulisse eines Kasperle-Theaters.

«Wir sind da; dort drüben ist Steinbachs Praxis.»

«Moment noch», sagt Kilper. «Wenn es im Kernkraftwerk Leute gibt, die so vehement gegen einen weiteren Ausbau sind, und wenn wir mal annehmen, daß einer dieser Leute, vielleicht dieser Kanzleiter, durch Zufall davon erfahren hat, daß ich auf der Müllkippe nach Atomabfall suchen wollte, dann liegt es doch nahe . . .» Kilper bricht ab.

Anne Muthesius sieht zu ihm hinüber. In seine Stirn hat sich eine tiefe Falte eingegraben.

«Ich muß mit diesem Kanzleiter sprechen», sagt Kilper. «Heute noch.»

«Glauben Sie denn tatsächlich . . .?»

«Ich glaube gar nichts. Vor allem glaube ich genausowenig an Zufälle wie die Polizei. Und der Gedanke, das Werkzeug eines fanatisierten Umweltschützers geworden zu sein, sagt mir überhaupt nicht zu!»

Mit Anne Muthesius' Hilfe wuchtet sich Kilper aus dem engen VW-Käfer. Sie gehen an dem Brunnen vorbei auf das Haus Dr. Steinbachs zu.

«Hallo!» ruft Anne Muthesius zu ein paar Halbwüchsigen hinüber, die auf dem Brunnenrand sitzen und gelangweilt in die Gassen stieren, die strahlenförmig von dem Platz wegführen.

«Was hosch denn da für oin ufgabelt?» ruft einer der Jungen, und ein anderer: «An Typ uf Abbruch?»

Kilper, der sich nur mühsam fortbewegen kann, sieht sich die Burschen näher an, dann geht er auf sie zu und grinst. «Paßt mal auf», sagt er, «sobald ich mich aufrichten kann, seht ihr keinen Unterschied mehr zwischen mir und Cassius Clay – außer der Farbe natürlich.»

Ein vielleicht sechzehn Jahre alter Junge in einem ölverschmierten blauen Overall, der sich im Hintergrund gehalten hat, sagt leise: «Auf anderen rumhacken, das könnt ihr, sonst nichts.»

«Du hältscht dei Gosch!» fährt ihn einer der anderen an. «Sonscht machet mir dir deine Füaß gleich kurz.»

Der Angesprochene versucht etwas zu entgegnen, aber seine Antwort geht im Gelächter der anderen unter.

Kilper humpelt auf die Arztpraxis zu. In der Tür dreht er sich noch einmal um, und da sieht er, wie der Junge im Overall über den Platz hastet. Er hinkt stark. Offensichtlich hat er ein kürzeres Bein.

«He, Luzifer!» brüllt ihm einer nach. «Tritt nicht auf deinen Schwanz!»

«Er hat es schwer», sagt Anne Muthesius. «Erstens ist er nicht von hier, ein Reingeschmeckter, wie das hier heißt; und zweitens hat er noch dieses Leiden. Dabei gilt er als ungewöhnlich begabt.»

«Trotzdem – was braucht er sich mit den anderen anzulegen?» brummt Kilper und geht in das Haus des Arztes.

3

«In einer halben Stunde beginnt die Betriebsversammlung», sagt Herbert Bindernagel, technischer Direktor des Kernkraftwerks. «Ich wollte vorher mit Ihnen gesprochen haben.»

Ihm gegenüber sitzt ein auffallend kleiner und schmaler Mann mit gelblicher Gesichtsfarbe. Seine dunklen Augen starren Bindernagel unverwandt an. Er schweigt.

«Hören Sie, Kanzleiter, Sie wissen, daß ich Sie für einen ausgezeichneten Mann halte und daß ich Ihnen im Grund so etwas nicht zutraue, aber Sie müssen nun eben auch mal akzeptieren, daß nach dem Vorfall im letzten Jahr sofort Ihr Name fällt, wenn so etwas geschieht.»

«Was heißt im Grund?» fragt Kanzleiter mit einer seltsam dünnen Stimme. «Trauen Sie mir's zu oder nicht?»

Bindernagel steht auf und geht zu dem großflächigen Fenster an der Stirnseite seines Büros. Er schaut auf den menschenleeren Hof hinab. Zwei Container mit Klärschlamm stehen an der Mauer des Reaktorgebäudes. «Können Sie sich vorstellen, daß ein Ionenaustauscher ausgerechnet in den Klärschlamm gerät?» fragt er zurück.

«Sie sind mir eine Antwort schuldig», sagt Kanzleiter.

«Was soll ich sagen . . . Wir wissen, daß gelegentlich der Gaul mit Ihnen durchgeht.»

«Ich hab damals die Bombe nicht gelegt, und ich hab auch keinen Atommüll rausgeschmuggelt», sagt Kanzleiter knapp und ruhig. «Und im übrigen haben wir vor vier Stunden den Reaktor auf Null gefahren, weil am Ventil 4 die Dichtung ausgetauscht werden muß. Wir verlieren Zeit, wenn das nicht gleich geschieht.»

«Sie haben mir also nichts zu sagen?»

«Ich habe Ihnen alles gesagt, was zu sagen ist. Unser Kampf gegen den Ausbau des Werks ist legitim. Wenn wir keinen Erfolg haben, kann man auch nichts machen. Man muß es versuchen, wenn man der Meinung ist, daß der Ausbau gefährlich werden kann. Aber Sie glauben doch wohl nicht im Ernst, daß ich etwas unternehmen würde, was anderen schadet.»

Bindernagel wendet sich um. Er ist unausgeschlafen; die Augen liegen in tiefen Höhlen. Müde läßt er sich in seinen bequemen Schreibtischsessel sinken. «Als ob man nicht Sorgen genug hätte», murmelt er.

Kanzleiter erhebt sich aus seinem Stuhl und geht zögernd zur Tür. Dann bleibt er plötzlich stehen und dreht sich langsam um. «Chef . . .» Seine Stimme hat plötzlich einen anderen Klang.

«Ja?» Bindernagel blickt auf.

«Da ist eine Sache . . .» Der Satz bleibt in der Luft hängen.

«Nun?»

«Das Dumme ist, ich kann nichts beweisen», sagt Kanzleiter und wendet sich wieder der Tür zu.

«Stop!» sagt Bindernagel scharf. «Raus mit der Sprache!»

«Ein paar Beobachtungen, ein paar komische Zusammenhänge – weiter nichts. Ein vager Verdacht eben», murmelt Kanzleiter.

Bindernagel wird ungeduldig: «Nun gackern Sie mal nicht nur; legen Sie endlich!»

Langsam geht Kanzleiter wieder auf den Schreibtisch des Direktors zu. «Sehen Sie», sagt er, «ich habe Sie gefragt, ob Sie mir trauen. Und da sind Sie mir ausgewichen . . . Ich weiß aus eigener Erfahrung, wie es ist, wenn man in einen Verdacht gerät. Seit einem Jahr schlag ich mich damit herum. Es kommt ja nicht von ungefähr, daß ich rausbringen will, was hier wirklich gespielt wird. Nun hab ich einen Verdacht, zugegeben; aber der ist vielleicht auch nicht mehr wert, als der Verdacht gegen mich . . . Was soll's also? Wo Sie mir eh nicht trauen . . .»

«Es ist Ihre verdammte Pflicht, mich über Ihren Verdacht zu unterrichten!»

«Ihre Pflicht wäre es gewesen, für mich einzutreten», gibt Kanzleiter bockig zurück.

«Hören Sie doch, Kanzleiter – was heute nacht passiert ist, kann immer wieder geschehen! Es ist Ihre und meine Pflicht . . .»

«Es hat keinen Sinn», sagt Kanzleiter müde.

«Zum Donnerwetter noch mal!» brüllt der Direktor, «wir wissen seit heute morgen, daß das Päckchen aus unserem Laden ist, und ich muß rauskriegen, wie es aus dem Werk hinauskommen konnte!»

«Sie wissen, daß es von uns ist?»

«Ja, zum Teufel! Ich weiß noch mehr: Das Päckchen ist nur eins von sieben, die an ein und demselben Tag herausgenommen wurden.»

«Und die anderen sechs?»

«Das läßt sich nicht mehr klären. Wir können ja nicht alle Fässer im Salzbergwerk Asse aufmachen lassen, um nachzuschauen, ob die Ionenaustauscher dort sind oder im Keller irgendeines verrückten Umweltschützers! . . .» Das Telefon klingelt. Hastig reißt Bindernagel den Hörer von der Gabel. «Ja?» brüllt er in die Muschel. Dann wird sein Gesicht schlagartig bleich. Er drückt rasch auf einen Knopf; jetzt hört auch Kanzleiter eine verzerrte Stimme aus der Mithöranlage:

«. . . und Schweine vom Kapital. Das ist das Ende. Das heißt, das war erst der Anfang. Ich sage nur: Sieben minus eins, bleiben sechs . . . Nieder mit den Ausbeutern, den Leuteschindern, den Schweinen. Euch wird noch Hören und Sehen vergehen! – Dies war eine Durchsage des Roten Bataillons.»

Dann ein Klicken und Stille.

Bindernagel wischt sich den Schweiß ab. Kanzleiter steht da wie versteinert.

«Ein Verrückter!» stöhnt der Direktor.

«Aber er weiß von den sieben Päckchen», sagt der Meister tonlos.

«Wollen Sie mir wenigstens jetzt . . .»

«Geben Sie mir zwei Stunden Zeit», sagt Kanzleiter. «Ich gehe jetzt das Ventil reparieren.» Langsam verläßt er das Chefzimmer.

Bindernagel wählt hastig eine Stuttgarter Nummer. Dem Telefonfräulein am anderen Ende sagt er knapp: «Hier Bindernagel, Kernkraftwerk Weihersbronn. Ich muß Ihren Präsidenten sprechen.»

«Der hat dienstfrei», säuselt es am anderen Ende.

«Und seine Privatnummer?»

«Kann ich Ihnen nicht geben . . . Ich verbinde Sie mit dem Bereitschaftsdienst.»

«Nein, das tun Sie nicht. Hier geht es um einen Fall, der mehr als diskret zu behandeln ist. Ich wende mich direkt an den Innenminister.»

Eine Viertelstunde später klingelt Bindernagels Telefon.

«Hauser», sagt eine gemütliche Baritonstimme, «Landeskriminalamt.»

Bindernagel berichtet in abgehackten Sätzen, unterbrochen nur durch einige präzise Zwischenfragen.

«Ich denke, ich habe alles verstanden», sagt schließlich der Polizeipräsident. «Ich schicke Ihnen meinen besten Mann, wenn ich ihn erreichen kann – Hauptkommissar Bienzle . . . Und bitte wundern Sie sich nicht allzusehr über seine Methoden; in aller Regel führen sie zum Erfolg.»

Kilper lehnt sich auf dem Beifahrersitz des VW zurück.

«Der Steinbach hat gesagt, das mit den Spritzen ist alles Quatsch», berichtet er. «Dann ist er auf einen stabilen Stuhl gestiegen, hat mich aufgefordert, die Hände hinter dem Nacken zu verschränken, ist mit seinen Armen unter meinen Achseln hindurchgefahren und hat seine eigenen Hände fest gegen meinen Hinterkopf gedrückt. ‹Hau ruck!› hat er gebrüllt, und noch einmal ‹Hau ruck!› Ich spürte, wie ich ausgehoben wurde, hörte ein fürchterliches Krachen im Rückgrat, plumpste auf die Füße zurück . . . ‹Sind Sie nun Menschen- oder Pferdedoktor?› hab ich ihn gefragt. Fragt er zurück: ‹Noch Schmerzen?› Ich hatte tatsächlich keine mehr.» Kilper pfeift leise vor sich hin.

«Sie pfeifen falsch», sagt Anne Muthesius.

«Stimmt», sagt er, «aber wenn ich singe, wird's noch schlimmer.»

Anne Muthesius stoppt ihren Wagen direkt vor der Pforte des Kernkraftwerks unter einem Schild mit der Aufschrift *Hier parkende Fahrzeuge werden kostenpflichtig abgeschleppt.*

Der Pförtner kommt aus seinem Gehäuse und begrüßt sie fröhlich: «Hallo, Fräulein Doktor! Auch mal wieder da?»

«Sagen Sie, wem gehören denn die vielen Autos auf dem Parkplatz?» fragt Anne Muthesius den grauhaarigen Mann.

«Alles solche Zeitungsfritzen. Die kommen von überall her – richtiges Geschmeiß . . . Oh, Entschuldigung!»

Das Mädchen lacht und legt dem alten Mann den Arm um die Schulter. «Ich bin nicht empfindlich. Der Herr dort ist ein Kollege von mir, Herr Kilper aus Hamburg.»

Sofort verfinstert sich die Miene des Pförtners: «Und mit dem fahren Sie in einem Auto.»

«Ja – warum denn nicht?»

«Das ist doch der Lump, der uns das alles eingebrockt hat!»

«Psst!» macht sie. «Wenn er das hört . . .»

«Soll er ruhig hören, dieser elende Schnüffler! Bringt mein Kraftwerk in Verruf . . . Also, den soll doch gleich . . .»

Kilper hat von alledem nichts mitbekommen. Er mustert interessiert das Werk und wird erst abgelenkt, als ein Moped mit elegantem Schwung die Zufahrt zum Werk herauffährt.

«Wie oft hat er dir schon gesagt, daß du nicht bis vors Tor fahren kannst?» schimpft der Pförtner. «Der Parkplatz für Werkangehörige ist immer noch da hinten!»

Wortlos lehnt der Fahrer sein Moped an den Zaun und hinkt auf das Tor zu. «Tag», grüßt er knapp und hält routinemäßig seine Ausweiskarte hoch. «Ich muß doch zur Betriebsversammlung, und ich bin schon spät dran.»

Der alte Pförtner brummelt etwas von der Jugend von heute.

«Das war doch Luzifer?» sagt Kilper und tritt zu Anne Muthesius und dem Pförtner.

«Ein Lehrling», gibt der Pförtner Auskunft; «tüchtiger Kerl, aber maulfaul und renitent.»

«Schnell fertig mit der Jugend ist das Wort», lacht Kilper und hofft, daß wenigstens dieses nette Fräulein Muthesius das zum Bonmot verballhornte Zitat kennt – schließlich hat sie 'n Doktor, offenbar . . . Können wir rein?»

«Ausweis!» befiehlt der Zerberus.

«Da geht Kanzleiter über den Hof», ruft Anne Muthesius.

«Haben Sie wirklich einen Doktortitel?» fragt Kilper.

«Ja. So einen, mit dem man nichts anfangen kann – Soziologie.»

«Dann haben Sie Ihr Abitur wohl mit vierzehn gemacht.»

«Oh, vielen Dank . . . Hallo, Herr Kanzleiter!»

Der Mechanikermeister kommt auf das Tor zu. «Tag, Fräulein Doktor.»

«Wie geht's Ihnen?» Bekümmert schüttelt er den Kopf. «Es ist furchtbar, was sich hier anbahnt!»

Sofort ist Kilper hellwach: «Anbahnt?»

«Wer ist das?» fragt Kanzleiter mißtrauisch.

«Der Mann, der den Atommüll gefunden hat», sagt Anne Muthesius.

«Da kann er ja noch eine Menge finden», sagt Kanzleiter bitter. «Irgendein Verrückter will hier alles kaputtmachen.»

«Wie war das?» hakt Kilper nach.

«Wie ich's sage – es fehlen . . .» Er bricht ab. «Ich bin wohl von den letzten guten Geistern verlassen», sagt er und geht davon.

«Moment!» ruft Anne Muthesius. «Ich begleite Sie ein Stück.»

Der Pförtner läßt sie durch die Tür, hält aber Kilper zurück: «Da sind noch ein paar Formalitäten zu erledigen.»

«Und das Fräulein Doktor?»

«Gehört quasi zum Haus. Ein gern gesehener Gast, im Unterschied zu manchem anderen. Und überhaupt, sie war die einzige, die sich damals für Kanzleiter eingesetzt hat . . . Also, Ihren Ausweis.»

Kilper kramt seinen Paß hervor, aber der Pförtner hat noch kaum die ersten Buchstaben auf einen Besucherschein gemalt, da hebt er den Kopf und sagt: «Jetzt geht das los – alles Ihre Schuld! Man sollte Sie im Reaktor zu Asche machen.»

«Was geht los?» fragt Kilper ungerührt.

«Na, das sehen Sie doch!» Der alte Mann zeigt ins Neckartal hinab, von dem eine kurvenreiche Straße zum Werk heraufführt.

Kilper wendet sich um. Ein Zug von mindestens hundert Menschen wälzt sich die Straße hinauf. Transparente flattern über den Köpfen der Leute. Zu hören ist nichts.

«Ein Schweigemarsch», sagt Kilper.

«Die bleiben nicht so still, das können Sie mir glauben», sagt der Pförtner. Er setzt ein Fernglas an die Augen und buchstabiert: «Lieber heut aktiv als morgen radioaktiv . . .»

Kilper zieht einen Block aus der Tasche und schreibt sich den Satz auf. Anne Muthesius kommt über den Hof zum Tor gerannt und zieht Kilper zur Seite.

«Nun?» sagt er.

«Es ist ungeheuerlich: Es fehlen noch sechs Ionenaustauscher, und vorhin hat einer bei Bindernagel angerufen und irgendwas gefaselt – ein Terrorist oder so was. Er hat gesagt, daß er . . . Warten Sie, ich hab's aufgeschrieben . . . Er hat gesagt: ‹sieben minus eins, bleiben sechs› und irgend so etwas wie ‹Rote Armee›.»

Kilper starrt Anne Muthesius an, dann lacht er und sagt:

«Und das erzählen Sie einem Kollegen von der Konkurrenz?»

Verwirrt schaut sie zu ihm auf. «Aber», sagt sie, «aber können Sie denn jetzt an nichts anderes denken? das ist doch eine Katastrophe!»

«Und Top News.»

«Hören Sie auf! Das ist doch widerlich.»

«Stellen wir das mal zurück», sagt Kilper kalt; «ich schlage vor, wir tun uns zusammen. Mit diesem Wissen haben wir einen weiten Vorsprung vor allen anderen; lassen Sie uns vernünftig damit umgehen. Und wenn Sie ein bißchen nachdenken, kommen Sie vielleicht sogar auf den Gedanken, daß wir durchaus nützlich sein können, auch im Interesse einer guten Sache.»

«Das klingt nicht echt», murmelt Anne Muthesius.

Kilper schweigt einen Moment betroffen. «Sie haben recht, es ist reines Routinegequatsche . . . Ich merke das schon gar nicht mehr; sorry!»

«Ihr Laufzettel», sagt der Pförtner. «Die Pressekonferenz ist um halb vier im großen Besprechungsraum.»

«Wollen wir pokern, wer hingeht?» Kilper sieht Anne Muthesius an.

«Gehen wir denn nicht beide hin?»

«Getrennt marschieren, vereint schlagen.»

«Diese Gemeinplätze!»

«Ihnen kann man es wohl nie recht machen . . . Also: Wer geht?»

«Sie stellen bestimmt die besseren Fragen», sagt das Mädchen.

«Nie im Beisein von Kollegen», gibt Kilper zurück. «Ich mache mich doch nicht um die Konkurrenz verdient!»

«Und wenn das alle so machen?»

«Tun sie ja! Was meinen Sie denn, warum Pressekonferenzen so nichtssagend sind?»

«Also gehe ich», sagt sie resignierend.

«Okay . . . Wo ist denn unser Freund Kanzleiter?»

«Schon durch die Schleuse.»

«Und was bedeutet das?»

«Er muß im Reaktorraum irgendeine Reparatur vornehmen. Sie müssen schon warten, bis er wieder rauskommt.»

4

Horst Kanzleiter passiert die Schleuse, duscht sich und zieht sich den Schutzanzug an. Jeder Handgriff sitzt; tausendmal hat er diese Prozedur hinter sich gebracht. Sein Werkzeugkasten passiert auf einem speziellen Weg die Kontrollen. Ein Blick auf den Dosimeter: alles in Ordnung. Im Reaktorgebäude trifft er auf Fritz Schuster, seinen Kollegen. Sie nicken sich zu, ein eingespieltes Team.

«Der Reaktor ist vorschriftsmäßig runtergefahren», sagt Fritz.

«Schieber zu?» fragt Kanzleiter; und als der Kollege nickt: «Na, dann woll'n wir mal.»

Auf dem Weg zum Ventil sagt Fritz Schuster: «Haben sie dich wieder im Verdacht?»

«Weiß nicht.»

«Muß doch ein Scheißgefühl sein.»

«Ist es auch.»

«Und was machst du dagegen?»

«Ich geb den Job auf.»

«Du gibst . . . Das ist nicht dein Ernst!»

«Sicher . . . Was soll's? Ich kann mich nicht noch mehr kaputtmachen.»

«Es gibt weit und breit keinen Fachmann wie dich.»

«Quatsch doch nicht! Das ist doch kein Hexenwerk hier.»

Die beiden Mechaniker steigen eine Eisenleiter hinab. Der Ventilkopf, knapp vierzig Zentimeter im Durchmesser, wird mit vier mächtigen Schrauben festgehalten.

«Wir setzen eine neue Brille drauf», sagt Kanzleiter.

«Okay.»

Dann arbeiten sie.

Kanzleiter setzt einen gewaltigen Schraubenschlüssel an die erste Vierkantschraube an. «Wer hat das Ventil dekomprimiert?» fragt er beiläufig.

«Weiß ich nicht. War die andere Schicht . . .»

«Na gut», sagt Kanzleiter. Er setzt für einen Moment ab. «Hast du das gehört?»

«Nee. Was?»

«Da oben läuft doch einer rum ... Ich denke, wir sind allein hier drin?»

«Da mußt du dich verhört haben.»

«Hm ...»

Pause. Sie horchen.

«Doch, da tigert einer rum», sagt nun auch Schuster. «Ich schau mal nach.» Er geht zu der Eisenleiter, die aus dem engen Schacht nach oben führt. Er hat die dritte Sprosse erreicht ... Ein gewaltiger Schlag. Ein ohrenbetäubendes Zischen. Ein markerschütternder Schrei ... Und dann überfällt es ihn, wirft ihn gegen die Wand, zerschneidet die Haut mit tausend Messern, reißt ihm die Fetzen vom Leib ... Brüllend hastet er die Leiter hinauf, wirft sich auf das eiserne Laufgitter und schreit, schreit, schreit ...

Als die Sirenen aufheulen, hört er sie nicht mehr. Er hat das Bewußtsein verloren.

Horst Kanzleiter, der direkt vor dem Ventil stand, hat nicht mehr fliehen können. Er liegt im Schacht, tot, von 800 Grad heißem, radioaktiv verseuchtem Dampf geschmort.

Hundert Demonstranten vor dem Werkstor glauben, die Alarmsirenen heulten ihretwegen. Sie brüllen dagegen an: «KKW-Ausbau – niemals ...» Sie skandieren: «Wir-wollen-leben-und nicht nur nach Profiten-streben ...» Immer lauter. Sie drängen sich gegen das Gittertor, schütteln die Fäuste ...

Gleichmäßig heult die Sirene. Weißgekleidete Männer hasten über den Hof.

«Wir wollen le-ben, wir wollen le-ben, wir wollen le-ben!» brüllt der Chor der Aufgebrachten vor dem Tor. Die erste Reihe wird durch die nachfolgenden gegen das Gitter gedrängt. Schmerzensschreie mischen sich unter das rhythmische Parolengeschrei. Von hinten hört man das Martinshorn eines Krankenwagens.

Bindernagel stürmt aus dem Reaktorgebäude auf das Tor zu, gefolgt von einem Kameramann des Fernsehens und einer Traube von Journalisten. Der Direktor wedelt mit den Armen, als könnte er die Menschen vertreiben wie Fliegen.

«Verschwindet! Haut ab ... Wir haben einen Toten!» brüllt er.

Niemand hört ihm zu. «WIR WOLLEN LE-BEN, WIR WOLLEN LE-BEN, WIR WOLLEN LE-BEN! ...»

«Ein Unfall!» kreischt Bindernagel hysterisch, «versteht doch – es geht um Leben und Tod!»

«WIR WOLLEN LE-BEN, WIR WOLLEN LE-BEN, WIR WOLLEN LE-BEN! ...» brüllt die Masse. Noch immer heult die Sirene. Der

Krankenwagen ist eingekeilt. Das Blaulicht bricht sich in den Fenstern des Gebäudes.

«Aufhören!» brüllt Bindernagel.

«Wir wollen le-ben, wir wollen le-ben, wir wollen le-ben! . . .» Jetzt sind es nur noch die ersten Reihen, die durch das Gebrüll ihr eigenes Gehör übertönen.

Dann plötzlich ist es still. Die Sirene dröhnt in den Ohren.

Die Menschen bilden eine Gasse für den Krankenwagen. Bindernagel läßt die Arme sinken, als ob tonnenschwere Bleigewichte daran hingen. Erschöpft lehnt er sich gegen den Drahtzaun.

«Er ist tot», sagt er tonlos. «Er ist tot.»

Die Sirene bricht ab. Dann verstummt das Signalhorn. Die Stille bricht herein wie ein Gewitter. Dicht aneinandergedrängt stehen die Menschen vor dem Tor, das der alte Pförtner öffnet. Man hört das Knattern eines Hubschraubers. Ein Auto rast heran. Doktor Steinbach springt heraus. Er rennt auf das Tor zu. «Was ist passiert?» ruft er schon bei den ersten Schritten.

Bindernagel formt mit den Lippen einen Satz, bringt aber keinen Ton heraus. Zwei Männer bringen Fritz Schuster auf einer Trage. Der Hubschrauber landet. Mit geübten Griffen schnallen die Sanitäter die Krankentrage fest. Sekunden später startet der Helikopter wieder. Als seine Rotoren nicht mehr zu hören sind, lastet ein unerträgliches Schweigen über den Menschen.

Plötzlich tönt aus der Masse eine Stimme: «Da seht ihr's!» Und eine zweite: «Ja, nun hat's die ersten Toten gegeben . . . Bald sind wir alle dran!» Und dann, monoton: «Wir wollen le-ben, wir wollen le-ben . . .» Andere fallen ein; es werden mehr, immer mehr, gewaltig anschwellend dröhnt, kreischt, brüllt die Menge: «Wir wollen le-ben! *Wir wollen le-ben*! WIR WOLLEN LE-BEN! WIR WOLLEN LE-BEN . . .»

Apathisch lehnt Bindernagel am Zaun. Die Menschen formieren sich wieder, schließen die Gasse und bewegen sich auf das offene Tor zu.

Kilper fühlt plötzlich, wie sich jemand an seinem Arm festklammert. Er schaut in das tränenüberströmte Gesicht von Anne Muthesius.

«Tun Sie doch was!» schluchzt sie; «es kommt zur Katastrophe . . .»

Kilper zuckt die Achseln; er ist voll konzentriert auf die Ereignisse. In einer halben Stunde muß er sie niederschreiben. Nichts darf ihm entgehen. Die ersten der langsam drohend näherrückenden Menschen sind auf seiner Höhe.

«Tun Sie was . . . Tun Sie was . . .»

Er hört es und nimmt es nicht wahr. Doch dann plötzlich gellt es ihm in die Ohren:

«Reporterschwein . . .»

Langsam löst sich Kilper von Anne Muthesius. Er reckt seine breiten Schultern. Ihn friert. Drei schnelle Schritte, dann steht er vor den Demonstranten, die auf ihn zukommen, als ob sie von einer riesigen Planierraupe geschoben würden. Für Sekunden bricht der Sprechchor ab. Kilpers Hirn arbeitet fieberhaft. Wie beruhigt man Menschen? Das ist nicht seine Sache; ihm fällt dazu nichts ein . . . Oder doch?

«Moment!» brüllt er. «Wenn hier Strahlen austreten, sind alle gefährdet!»

Schlagartig brechen auch die letzten Rufe ab. Für Sekunden verhält die Masse. Kilper glaubt zu sehen, wie manche im Schritt innehalten, den Fuß zwanzig Zentimeter über der Erde . . . Und dann rennen die ersten in Richtung Tal. Die Menschenmauer vor Kilper bröckelt, bricht zusammen, löst sich auf. Viele rennen, manche gehen, einige bleiben auch in kleinen Gruppen stehen.

Bindernagel erwacht aus einem tranceartigen Zustand und nickt Kilper zu. «Danke», sagt er mit tonloser Stimme.

«Danken Sie mir nicht», sagt Kilper; «morgen werden Sie mich verfluchen.» Noch immer fröstelt er. Ihm ist, als ob er körperlich schwer gearbeitet hätte. Müde dreht er sich um, und sein Blick trifft die Augen der Kollegin, bleibt sekundenlang hängen . . . Dann schüttelt Kilper den Kopf und sagt leise: «Reporterschwein . . .»

Doktor Steinbach führt Bindernagel zum Verwaltungsgebäude. Noch stehen die Journalisten herum, gerade so, als sei noch nicht genug passiert. Ein dpa-Mann hat das Telefon des Pförtners als erster gekeilt, Kilper hört mit halbem Ohr die aus dem Stegreif formulierte Meldung des Agentur-Kollegen. Nur einen Satz nimmt er wirklich auf:

«Das beherzte Eingreifen eines Reporters der WOCHE, desselben Mannes übrigens, der gestern den Atommüll fand, hat eine schlimmere Katastrophe verhindert. Die aufgebrachte Masse war . . .»

Kilper geht auf den Pförtner zu. «Wer ist tot?» fragt er.

«Der Kanzleiter . . .»

«Seltsamer Zufall!» murmelte Kilper und geht nachdenklich zu Annes Auto. Beinahe wäre er dabei über das Moped gestolpert, das am Zaun steht. Noch einmal wendet er sich zu dem Pförtner um: «Was ist mit der Betriebsversammlung?»

«Die Männer sind jetzt alle im Einsatz», gibt der alte Mann zurück; «das ist so beim Katastrophenalarm.»

«Ja . . . Ja, natürlich . . .» Kilper wendet sich zu Anne Muthesius: «Kommen Sie – sonst wird Ihr Bericht nicht fertig.»

«Ich . . . Ich kann jetzt nicht schreiben», stammelt das Mädchen.

«Ein Journalist kann fast immer schreiben», sagt Kilper und wundert sich ein wenig darüber, daß Anne Muthesius ihm diesen blöden Satz durchgehen läßt.

5

Die Redaktion des Weihersbronner Tagesanzeigers besteht aus zwei ineinandergehenden muffigen Räumen. Sie sind nicht groß, und alte braungelbe Büromöbel stehen ohne sichtbare Ordnung herum, so als ob sie eben dort stehen geblieben wären, wo sie die Möbelträger aus den Tragbändern rutschen ließen.

Der Lokalchef geht gerade, als Kilper und Anne Muthesius eintreffen. «Schöne Schweinerei», sagt er. «Sie bekommen den Aufmacher auf der Titelseite.»

Ob er mit Schweinerei den Unfall im Kraftwerk meint oder die Tatsache, daß seine junge Kollegin auf die Titelseite kommt, ist nicht auszumachen. Als Kilper sich vorstellt, verzieht der Lokalchef das Gesicht.

«Wissen Sie», sagt er, «ich hatte auch einmal das Angebot nach Hamburg. Aber wahrer Journalismus, echte Zeitungsarbeit wird noch allemal hier an der Front gemacht, nicht wahr . . .» Dann geht er.

«Läßt er Sie das jetzt allein machen?» fragt Kilper.

Anne Muthesius zuckt die Achseln. «Sieht ja wohl so aus.»

«Na denn», sagt Kilper, «wenn Sie mir ein Plätzchen einräumen, beginne ich zu dichten.»

Müde weist Anne Muthesius auf einen Schreibmaschinentisch. Sie selbst setzt sich auf einen knarzenden Bürostuhl und stemmt den Kopf in beide Hände. «Ich kann nicht», sagt sie.

Kilper beachtet sie nicht.

«Haben Sie nicht gehört?»

«Was geht mich das an?»

«Sie sind ein Unmensch! Können Sie mir nicht helfen?»

«Denken Sie, ich nehme es auf mich, einen Aufmacher für die Titelseite zu schreiben? Für Sie? Und nachher sagen Sie, ein Leben lang, ‹ich hätte einmal die Chance gehabt, und dann kam so ein Schnösel aus Hamburg . . .›.» Er spannt einen Bogen ein.

«Zum Glück ist morgen Sonntag, sonst müßte ich ja schon in einer Stunde fertig sein», sagt Anne Muthesius.

Kilper knurrt nur. Er liest seine Notizen durch, schreibt sich Stichworte auf einen Zettel, wirkt konzentriert, wach und absolut unzugänglich. Wie die ersten Tropfen eines Regens hören sich die Anschläge auf Anne Muthesius' Schreibmaschine an, aber dann werden ihre Finger schneller, und schließlich prasselt es gleichmäßig heftig auf die Tastatur nieder. Kilper schreibt langsamer. Mit vielen Pausen. Gelegentlich schaut er zu der Kollegin hinüber, die ihn anscheinend vergessen hat. Schließlich ist es so dunkel im Zimmer, daß beide ihre Schreibtischlampen einschalten.

Kilper zündet sich eine Pfeife an, legt die Beine auf den Tisch und blickt eine Weile den Rauchwolken nach.

Die Stimmung ist seltsam heimelig, hat etwas Vertrautes für beide; jeder spürt den anderen, ohne ihn eigentlich zu registrieren. Wie selbstverständlich geht Kilper durch die Räume, findet den Kaffeekocher, das Kaffeepulver und zwei Tassen. Wortlos schiebt er ihr eine Tasse hin.

Sie sagt leise «danke», hebt das Blatt über der Schreibmaschinenwalze ein wenig an und liest, was sie soeben geschrieben hat. Er wagt nicht, sie anzusprechen. Mit einem stumpfen, viel zu kurzen Bleistift macht sie Korrekturen, tippt weiter, steckt sich eine Zigarette an, trinkt einen Schluck Kaffee, tippt, korrigiert, tippt . . .

«Puh», sagt sie schließlich, «das war ein Gewaltakt!»

«Fertig?» fragt Kilper.

«Mhm.»

«Darf ich sehen?»

«Nein, bitte nicht. Es würde mich unsicher machen.»

«Unsicher machen? Ich lese es doch sowieso am Montag in Ihrer Zeitung.»

«Das ist etwas anderes. Jetzt wäre es mir zu intim.» Vorsichtig lugt sie zu ihm hinüber, ob er sie auslacht.

Er steht nur auf und sagt: «Kann ich Sie zum Essen in den Adler einladen?»

«Nicht in den Adler, da sitzen jetzt alle und diskutieren das Unglück.»

«Machen Sie einen anderen Vorschlag.»

«Wir fahren raus in die Waldschenke», sagt sie.

«Okay, Sie sind ortskundig.»

Anne Muthesius schließt die Tür der Redaktion ab. Draußen hat es leicht zu regnen begonnen, es ist ein lauer Abend. Im Auto reden sie nicht, aber das Gefühl der Vertrautheit verläßt sie nicht. In der Waldschenke bestellen sie beide Rehrücken mit Spätzle und Preißelbeeren.

«Sie müssen mich ganz langweilig finden», sagt Anne schließlich.

«Warum denn?»

«Ich rede so wenig.»

«Rede ich mehr?»

Der Rehrücken kommt. Sie essen.

«Ich möchte mich entschuldigen», sagt sie plötzlich.

«Warum nun das?»

«Das Reporterschwein . . .»

«Ach du lieber Himmel! Da hab ich aber schon ganz andere . . .»

«Herr Kilper?» sagt plötzlich eine müde männliche Stimme.

«Ja?» Kilper schaut auf. Vor ihm steht ein Mann Mitte dreißig, mittelgroß, untersetzt in einem abgewetzten Parka.

«Bienzle, Hauptkommissar Bienzle», sagt der Mann. «Darf ich?» Die Antwort wartet er nicht ab; er läßt sich auf einen Stuhl am Tisch plumpsen und schnuppert. «Riecht gut!»

«Was kann ich für Sie tun?» fragt Kilper, und seine Stimme klingt nicht so, als brenne er darauf, etwas für diesen Bienzle zu tun.

«Tut mir leid, wenn ich störe. Gegessen habe ich auch noch nicht ... Fräulein, ich nehme das gleiche!»

«Eigentlich hatte ich die Absicht ...» setzt Kilper an.

«Ja, ich weiß. Ich hatte heute auch schon andere Absichten», sagt Bienzle und streift seinen Parka ab.

Kilper bleibt nichts anderes übrig. «Fräulein Muthesius», stellt er vor, «Kollegin von der örtlichen Zeitung ... Wie haben Sie uns überhaupt gefunden?»

«Kriminalistik», brummt Bienzle und nickt Anne Muthesius zu; «man sucht den Herrn Kilper und erfährt, daß er in der Redaktion des Weihersbronner Tagesanzeigers gastiert. Dort ist aber schon alles ausgeflogen. Man schaut im Adler nach, wo der Herr aus Hamburg abgestiegen ist – Fehlanzeige. Dann eruiert man, wo das Fräulein sonst noch manchmal essen geht, am Samstagabend zum Beispiel ... Na ja, das wär's auch schon.»

«Clever, clever», sagt Kilper bissig.

«Sie hätten's genauso gemacht», gibt Bienzle zurück.

«Wenn ich die Herren allein lassen soll ...» sagt Anne Muthesius.

«Aber woher denn», brummt Bienzle, «ich wollte nur mal den Mann kennenlernen, der so mir nichts, dir nichts ins beschauliche Weihersbronn kommt und gleich dem großen Atomtod begegnet.»

«Ironie ist wohl Ihre besondere Stärke», meint Kilper und kippt seinen Wein mit einem Schluck hinunter.

«Darf i Ihne mal was erklära ...» Bienzle fällt in seine heimische Mundart: «Einen Trollinger kippt mr net, den schlotzt mr.»

Dann herrscht für eine Weile bissiges Schweigen an dem schweren Eichenholztisch in der Weihersbronner Waldschenke.

Schließlich sagt Bienzle: «O du liabs Hergöttle von Biberach», das ist sein Lieblingsausspruch, der normalerweise weitergeht, *wia hent di d' Mucka verschissa ...* Hier freilich beläßt er's beim ersten Teil des Satzes. «... Ich komm hierher und soll einen Irren fangen, der mit Atommüll rumspielt; und kaum bin ich da, erfahr ich, es ist ein Mord passiert!»

Klirrend läßt Kilper die Gabel fallen. «Mord, sagen Sie?»

«Kein Zweifel. Ich versteh nichts von diesem Atomungetüm, aber ein Techniker hat mir sehr deutlich und auch für mich verständlich erläutert, daß jemand den Schieber zwischen dem zweiten und dem vierten Ventil aufgemacht haben muß. Auch wenn man einen Reaktor ausschaltet, oder auf Null fährt, wie die Fachleute sagen, bleibt noch lange Hochdruckdampf zurück. Man muß die Ventile einzeln dekomprimieren. Bei Ventil 4 war das gemacht worden ... Na ja, und dann hat jemand dran rumgefingert. Die Dichtung, die dieser Kanzleiter abschrauben wollte, stand noch unter einem Druck von 180 Atü, und die haben das Ding natürlich zum Geschoß umfunktioniert, sozusagen.»

«Das könnte auch eine Panne gewesen sein», wendet Kilper ein; «das berüchtigte menschliche Versagen.»

«Stimmt. Aber der Kanzleiter war hinter einem her. Kurz vorher hat er dem technischen Direktor noch erzählt, daß er einen Verdacht hat. Zwei Stunden Zeit wollte er haben, um den Mann zu finden, der den Atommüll geklaut hat ... 'n bißchen viel Zufall, finden Sie nicht? Nein, nein – da hat kein Mensch versagt. Im Gegenteil: da hat einer funktioniert. Blitzschnell!»

Kilper greift in seine rechte Jackentasche und zieht einen Notizblock heraus.

«Aber, aber!» sagt Bienzle, «hier geht es nicht um eine Information für die Presse, sondern um eine Vorbemerkung für ein paar Fragen, die ich an Sie stellen will.»

Aber da kommt Bienzles Rehrücken. Er verzehrt ihn mit Genuß, während ihm Kilper den genauen Hergang seines nächtlichen Fundes erzählt. Schließlich sagt der Reporter: «So, jetzt können Sie mir Ihre Fragen stellen.»

«Keine weiteren Fragen.» Bienzle steht auf, nimmt seinen Parka, drückt der Bedienung einen Geldschein in die Hand und geht mit einem kurzen Kopfnicken.

«Mir war selten ein Mensch so unsympathisch», sagt Kilper.

«Seien Sie doch nicht so knatzig», meint Anne Muthesius. Aber sie selbst trauert der Stimmung nach, die Bienzle so jäh kaputtgemacht hat.

6

Am Sonntagvormittag sitzen Bindernagel und Bienzle im Büro des technischen Direktors. Immer wieder läßt sich Bienzle technische Zeichnungen zeigen, fährt die handgemalten Erläuterungen Bindernagels mit dem Zeigefinger nach. Mann für Mann gehen sie die Personalliste durch. Mitarbeiter des Werks, die der Umweltschutzaktion angehören, werden mit einem Zeichen versehen. Es sind elf von neunzig Angestellten.

Draußen geht ein feiner Nieselregen nieder. Die Tropfen sammeln sich wie Tränen an den Scheiben. Bienzle ist wortkarg und macht einen abweisenden Eindruck. Bindernagel schaltet jede Stunde die Nachrichten im Radio an. Die Meldung läuft Stunde für Stunde, kaum modifiziert:

Zum ersten tödlichen Atomunfall kam es gestern nachmittag im Kernkraftwerk Weihersbronn. Ein Mechanikermeister wurde beim Versuch, ein Ventil am inneren Kühlwasserkreislauf abzumontieren, durch radioaktiv verseuchten Dampf getötet. In Weihersbronn fand tags zuvor ein Journalist des Magazins DIE WOCHE *radioaktiven*

Abfall auf einer Müllkippe. Ein direkter Zusammenhang zwischen den beiden Ereignissen wurde bislang nicht festgestellt.

«So ein Schwachsinn!» schimpft Bindernagel jedesmal. «Der *Dampf* hat ihn getötet – das hat mit der Radioaktivität überhaupt nichts zu tun. Das kann in jedem konventionellen Kraftwerk auch passieren, oder bei einer Dampfleitung im Schlachthof von mir aus!»

Bienzle sieht ihn an. «Das sollten Sie mal der Presse ordentlich erklären.»

«Ich bin überfordert. Restlos. Ich kann doch nicht auch noch Pressekonferenzen geben!»

«Dann soll's einer vom Innenministerium tun», schlägt Bienzle ungerührt vor.

Keiner sagt etwas. Bindernagels Sekretärin kommt mit Kaffee und belegten Brötchen. Kaum steht das Tablett auf dem Tisch, da greift Bienzle schon zu. Mit vollem Mund fragt er:

«Wie viele Leute haben Zugang zu der Ionenaustauscheranlage?»

«Das sind nicht viele», sagt Bindernagel. «Aber der Müll wird ja in Fässern gesammelt. Da kommt alles rein, was schwach oder mittel radioaktiv ist – Rohrstücke, Putzwolle, Werkzeuge, Kleidungsstücke . . . Eben alles, was etwas abbekommen hat.»

«Gut», sagt Bienzle. «Und an diese Fässer kommen alle Leute ran?»

«Nein, natürlich nicht; die bleiben im inneren Bereich. Sie werden dann mit Zement oder Glas ausgegossen und kommen mit einem genau überwachten Transport nach Asse.»

Geduldig fragt Bienzle noch einmal: «Also, wer kann da ran?»

«Alles in allem vielleicht . . . Na – fünfunddreißig Mann.»

«Dann muß ich in Gottesnamen alle fünfunddreißig verhören», sagt Bienzle.

Die Sekretärin kommt herein: «Der Bürgermeister wartet draußen.»

«Auch das noch!» stöhnt Bindernagel.

Der hagere kahlköpfige Mann, der hereinkommt, wirkt übernächtigt. «Morgen», sagt er.

Bindernagel geht auf ihn zu, begrüßt ihn und stellt ihm Bienzle vor.

«Na, dann wollen wir hoffen, daß Sie dem Spuk schnell ein Ende machen», sagt der Bürgermeister.

Bienzle antwortet nicht. Bindernagel geht ruhelos auf und ab. Der Bürgermeister knetet seine Hände.

«Es ist schrecklich», sagt er; «ich habe gerade versucht, bei der Protestversammlung im Adler das Wort zu ergreifen . . . Sie haben mich einfach niedergeschrien! Mich, ihren Bürgermeister . . .»

Bienzle schaut den Mann von unten her an, dann sagt er: «Sie selbst sind für den Ausbau des Kraftwerks?»

«Aber selbstverständlich . . . Hören Sie mal, was ist das für eine

Frage?»

«Und warum sind Sie dafür?»

«Warum, warum ... Weil es im Jahr fast einskommazwo Millionen Gewerbesteuer bringt; weil wir bei allen Kommunalplanungen mit diesem Geld rechnen – beim Kindergarten, beim Rathausneubau, bei der Kläranlage ...»

«Keine Bedenken wegen der Strahlengefahr?»

«Ist doch alles Gefasel!» brüllt der Bürgermeister los. Sie sind hierher bestellt, um den Fall aufzuklären und nicht um mir dumme Fragen zu stellen!»

Bienzle stemmt sich aus dem Sessel, tritt nahe an den Bürgermeister heran, mißt ihn von oben bis unten und sagt dann in seinem schleppenden Tonfall: «Erstens bin ich nicht hierher bestellt, und zweitens ist es nicht immer gleich ersichtlich, ob die Fragen dümmer sind, oder die Antworten; und drittens würde mich jetzt mal interessieren, was Sie hier überhaupt wollen.»

Der Bürgermeister atmet heftig. «Irgend etwas muß geschehen, damit die Bürger sich beruhigen! Seitdem dieser Journalist gestern hier gesagt hat, es trete radioaktive Strahlung aus, spielen die Menschen im Dorf verrückt ... Es ist eine regelrechte Panik. Wenn es so weitergeht, stürmen die noch das Gebäude.»

«Na, na ...» murmelt Bienzle.

«Sie haben ja keine Ahnung!» giftet das Gemeindeoberhaupt. «Heute morgen sind vier Busse hier angekommen – aus Heidelberg, Frankfurt und Stuttgart; vollgepfropft mit Demonstranten ... Kommunisten mit roten Fahnen, mit Megaphonen und Transparenten ... Weihersbronn wird zum Schlachtfeld, wenn das nicht gestoppt wird!»

«Ach du liabs Hergöttle von Biberach, wia hent di d' Mucka verschissa!» Bienzle greift nach dem Telefonhörer und ruft seine Dienststelle in Stuttgart an: «Es sieht ganz so aus, als ob wir's hier mit einem größeren Aufmarsch zu tun bekämen», sagt er; «könnt ihr mal die Schutzpolizei oder die Bereitschaftspolizei auf Trapp bringen ...? Danke.»

«Na also!» sagt der Bürgermeister.

«Wie soll ein Mensch einen Mordfall aufklären, wenn ihm ein paar hundert Demonstranten dazwischen kommen?» brummt Bienzle.

Die riesige Fensterscheibe an der Stirnseite des Raumes springt mit einem schrillen Klirren entzwei. Ein harter Schlag; ein Rumpeln. Mitten im Zimmer liegt ein dicker Stein.

Bindernagel hat sich mit einer Reflexbewegung hinter seinen Schreibtisch geduckt; der Bürgermeister ist mit einem Aufschrei zur Seite gesprungen, Bienzle steht unbeweglich noch immer am Telefon. Dann hastet er mit ein paar schnellen Schritten zu dem zersplitterten Fenster.

Kein Mensch ist zu sehen.

Die Glassplitter knirschen unter seinen Schuhen, als er ins Zimmer zurückgeht. Der Bürgermeister bückt sich nach dem Stein.

«Liegenlassen!» befiehlt Bienzle scharf. Er beugt sich über das Geschoß. Der Brocken ist in Papier eingewickelt, das mit Bindfäden verschnürt ist. Bienzle nimmt sein Taschentuch und faßt den Stein vorsichtig an und legt ihn auf den Schreibtisch. Mit spitzen Fingern löst er die Schnur und klappt das Papier auseinander. Es ist eine Zeitung, auf die Überschriften-Lettern geklebt sind. Vorsichtig breitet der Kommissar das Papier aus.

DIE ZEIT DER RACHE IST GEKOMMEN – DAS ROTE BATAILLON

Die unterschiedlich großen Buchstaben sind akkurat aufgeklebt; man sieht einen schmalen Bleistiftstrich, den sich der Absender gezogen hat, um die Lettern in eine saubere Reihe zu bekommen.

Der Bürgermeister zittert am ganzen Leib. Bindernagel hat sich in seinen Sessel fallen lassen und bedeckt die Augen mit beiden Händen. Niemand hat bemerkt, daß die Tür aufgegangen ist.

«Guten Morgen!» sagt Hans Kilper von der Tür her.

Bienzle fährt herum. «Wie sind Sie hereingekommen?»

«Die Vorzimmerdame war so freundlich», lächelt Kilper und schiebt die bereits gestopfte Pfeife zwischen die Zähne. «Mal stören Sie mich, mal störe ich Sie», sagt er zu Bienzle und grinst.

«Haben Sie irgend etwas beobachtet, als Sie gekommen sind?» fragt Bienzle.

«Ich war noch zu weit weg. Das erste, was ich wahrnahm, war das Klirren und Splittern der Scheibe; dann sah ich eine Gestalt um die Hausecke verschwinden . . . Sie muß kurz davor direkt unter diesem Fenster gestanden haben, aber ich konnte den Mann nicht genau erkennen.»

«Aber es war ein Mann?»

«Na ja, es sah so aus. Und außerdem – wer kann denn einen solchen Brocken hier raufschmeißen? Das muß ja schon ein Kraftsportler sein.»

Bienzle schaut Kilper mißtrauisch an: «Sagen Sie mir auch alles, was Sie wissen?»

Kilper breitet die Hände aus; die Geste kann alles und nichts bedeuten. Dann hebt er ironisch-feierlich die Rechte: «. . . die Wahrheit, die ganze Wahrheit und nichts als die Wahrheit!»

Bienzle wendet seinen Blick nicht von dem Journalisten ab: «Ich habe zu viel Erfahrung mit Leuten, die etwas verbergen», sagt er.

Kilper antwortet nicht; er geht zum Schreibtisch, nimmt den Zettel, prägt sich die wenigen Worte ein, sagt knapp: «Danke!» und verläßt das Zimmer mit einem freundlichen «Tschüs dann!»

«Wart nur!» brummelt Bienzle; «Du kommscht au no amol uf mei Baurahof ond willscht a Viertele Milch!»

«Wie bitte?» Bindernagel ist irritiert.

«Nichts», sagt Bienzle, der wie immer, wenn er sich aufregt, ins Schwäbische verfallen ist. Dann greift er noch einmal zum Telefon: «Schicken Sie mir den Haußmann her, und einen Erkennungsspezialisten ... Ist mir doch egal, wo der sich rumtreibt, vermutlich bei seinem Fräulein Braut ... Hören Sie mal, auf Einzelschicksale kann ich jetzt keine Rücksicht nehmen! Schließlich will der junge Herr bei uns ja noch was werden!» Bienzle knallt den Hörer auf die Gabel. «Hier wird nichts verändert», sagt er dann; «wir schließen das Zimmer ab. Und ich schau mir jetzt den Auftrieb im Dorf an.»

«Besseres haben Sie nicht zu tun?» knurrt der Bürgermeister.

«Freilich», sagt Bienzle; «ich müßt in mei'm Gärtle die Bäum verschneide ...»

Es hat aufgehört zu regnen; ein paar Sonnenstrahlen bohren sich durch die Wolken. Bienzle läßt seinen Dienstwagen am Ortseingang stehen und geht gemächlich in Richtung Marktplatz.

Er rekapituliert: ein Journalist wird auf die Suche nach Atommüll geschickt («blödsinnige Idee»); er fragt einen Umweltschützer nach der Lage der in Frage kommenden Müllkippe («liegt ja nahe»). Vielleicht hat der Doktor ein paar Gesinnungsgenossen davon erzählt («ziemlich unwahrscheinlich, oder?»). Der Journalist findet, was er sucht und doch nie zu finden glaubte, auf Anhieb («weit mehr als ein Zufall»). Im Kraftwerk wird entdeckt, daß das strahlende Material tatsächlich dort verschwunden, beziehungsweise weggekommen ist («da hat einer ursprünglich für einen anderen Plan vorgesorgt»). Ein Mann wird verdächtigt, weil er gegen den Ausbau des Kraftwerks ist («vermutlich ein Opfer blödsinniger Spekulationen»). Der Mann will sich rehabilitieren; er hat einen Verdacht («wahrscheinlich mehr als einen Verdacht»), aber er ist ungeschickt, verrät, was er vermutet oder schon ermittelt hat, und muß sterben («Der Dieb und der Mörder ist ein- und dieselbe Person»). Aber warum hat er schon vor Wochen die Ionenaustauscher mitgehen lassen («vielleicht haben ihn Terroristen gekauft»)? Ja, und jetzt noch das ‹Rote Bataillon› ...

Das Rote Bataillon ... Klingt gut, findet Bienzle, in dieser Hinsicht unparteiisch. Er hat noch von keiner Organisation gehört, die sich so nennt. Aber die nennen sich ja alle paar Tage anders ... Oder war das nur ein dummer Witz, das mit dem Stein und dem Drohzettel? Wohl kaum, entscheidet er. Es braucht nicht viel dahinterzustecken, aber nur so aus Jux – nein ... Es kann aber auch eine Menge dahinterstecken. Vier Busse, hat der Bürgermeister gesagt. Kommunisten ... Bei dem Bürgermeister fängt der Kommunismus vermutlich da an, wo einer eine Kippe auf die Straße schmeißt ... Das Rote Bataillon, falls es wirklich existiert, dürfte keine vier Busse füllen. Es könnte aber – drei, vier, fünf Mann stark – in einem der Busse angereist sein . . . Verstärkung für Gleichgesinnte, die hier in Weihersbronn zugeschlagen haben? Oder irgendwelche Chaoten, die am Weihersbronner Feuerchen ihre Suppe kochen wollen? Bienzle erschrickt ein bißchen bei seinem Vergleich: Feuerchen . . . Das Kartoffelfeuer von Hiroshima. Er gesteht sich ein, daß ihm auch nicht wohl ist bei dem ganzen Atomkram, irgendwie. Alle reden sie davon; die einen sagen Hü, die anderen Hott . . . Macht euch die Erde Untertan? . . . wia hent di d'Mucka verschissa!

Bienzle stößt die Tür zum Saal des Goldenen Adler auf. Dichter Qualm und ein Geruchsgemisch aus Bierdunst, Schweiß und Rauch schlägt ihm entgegen. Auf der Bühne steht ein junger Mann – glatt rasiert, gut geschnittener Anzug, modische Krawatte.

«. . . immer dieselben, die an uns verdienen und denen es egal ist, wenn wir daran zugrunde gehen. Was hier betrieben wird, ist ein Musterbeispiel für Ausbeutung im 20. Jahrhundert, für die Machenschaften des Monopolkapitalismus und der sogenannten Vertreter der Öffentlichkeit. Euer Bürgermeister, die Behörde, die Regierung – sie sind gekauft! Nicht direkt, mit Bargeld – nein! So einfach und durchschaubar läuft das nicht. Sie bekommen Möglichkeiten durch das Kapital – Möglichkeiten, Chancen, Unterstützung; sie können ihre Macht festigen: Schulen bauen; Kläranlagen bauen . . . Sie leisten etwas – jawohl, sie leisten etwas: denn das Kapital hilft ihnen, und Ihr wählt sie immer wieder . . . Aber damit wählt Ihr diese dunklen Hintermänner aus dem Monopolkapital . . .» Der junge Mann nimmt einen Schluck aus einem Wasserglas.

Bienzle denkt, wenn der vom Roten Bataillon ist, dann bin ich Mao Tse-tung . . . Er merkt, daß sein Vergleich irgendwie hinkt, und zwängt sich auf eine Holzbank ohne Lehne. «Diese Agitatoren sehen heute auch nicht mehr so aus wie früher», sagt er zu seinem Nachbarn, bekommt aber keine Antwort.

Der junge Mann redet weiter. Bienzle hört schon bald nicht mehr zu. Er schaut sich um. An einem Tisch in der hintersten Ecke sitzt Anne Muthesius und schreibt eifrig mit. Wenige Tische weiter macht sich ein Mann Notizen, den er kennt. Da kannste mal sehen, denkt Bienzle, wie schnell die vom Verfassungsschutz . . . Er läßt seinen Blick weiter über die Tische und Bänke wandern. Bunt gemischt sitzen Bauern und Winzer zwischen den jungen Leuten, die unschwer als Studenten zu erkennen sind, spärlich unterwandert von ein paar Rockern, und die dem smarten Redner nun emphatisch Beifall zollen.

«Der ischt zwor jong, aber recht hat er!» sagt Bienzles Nachbar, ein älterer Mann. Und ein anderer stimmt zu: «Wer behauptet denn, daß mir alleweil no mehr baue ond verdiena müßet?»

Kilper betritt den Raum und lehnt sich an die Wand. Er hält noch immer die Pfeife zwischen den Zähnen.

Jetzt steigt ein alter, beweglicher Herr auf die Tribüne des Saales, in dem sonst Hochzeiten gefeiert, Musikfeste begangen und Vereinshauptversammlungen abgehalten werden.

«Ich darf mich zunächst vorstellen», sagt der Mann, dessen grauweiße Haare wie ein Kranz um seinen Kopf stehen, «ich bin Professor Anton Kurz, Ordinarius für Kernphysik an der Universität Heidelberg, und ich bin jener Wissenschaftler, der in der Nacht zum Samstag zusammen mit dem Hamburger Reporter die Atommülltüte ausgegraben hat.»

Ein Raunen geht durch's Publikum.

«Zwei Dinge möchte ich sagen», fährt er fort. «Erstens, es ist eine ganz gefährliche Sache, wenn Atommüll auf einer öffentlichen Müllkippe landet. Denn wenn zum Beispiel Strontium 90, was in diesen Päckchen vorkommt, ins Grundwasser gerät, haben wir einen der schlimmsten Krebserreger in unseren normalen Wasserleitungen. Es wird also . . .»

Jetzt erhebt sich ein Sturm im Saal. Menschen springen auf, schreien durcheinander; für Minuten herrscht das Chaos. Professor Kurz steht mit erhobenen Händen auf der Bühne und versucht die Menschen zu beruhigen. Schließlich ebbt der Lärm ab.

«. . . Es wird also unsere Aufgabe sein, für noch mehr Sicherheit zu sorgen. – Das Zweite aber, was ich Ihnen sagen will, meine sehr verehrten Anwesenden, ist dieses: Der Unfall gestern, bei dem bedauerlicherweise ein Mann aus Ihrer Mitte ums Leben kam, könnte in jedem konventionellen Kraftwerk auch passieren, denn auch dort gibt es Leitungen und Ventile, die unter sehr hohem Dampfdruck stehen. Das Kühlwasser war nur gering radioaktiv, zumindest so gering, daß nichts davon durch die Reaktorabdeckung in die Außenwelt dringen kann. Hier sind also Sorgen nicht angebracht. Und wenn die Herren Studenten hier anderes behaupten, dann sollten Sie, meine Damen und Herren, trotzdem *mir* glauben – diese Herren müssen, zum Teil bei mir, zum Teil bei anderen, noch ein bißchen was lernen, ehe sie kompetente Erklärungen abgeben können.»

Die Studenten johlen und pfeifen; die Bauern und Winzer nicken heftig und klatschen Beifall.

«Sehr geschickt», murmelt Bienzle und ist dem Professor innerlich von Herzen dankbar. Aus den Augenwinkeln beobachtet er, wie Kilper heftig in den Beifall der Einheimischen einstimmt.

«Also, jetzt höret amol mir zua», sagt ein breitschultriger Mann mit einem zerfurchten, gebräunten Gesicht, der sich an einem der Tische erhoben hat.

«Des ischt der Kaiser's Fritz», flüstert Bienzles Nachbar, «a Winzer, uf den höret hier d' Leut.»

Fritz Kaiser holt tief Luft. «Es hot überhaupt koin Zweck, wenn mir dene Herra von woiß Gott woher zuhöret, den Professor ausgenomma. Um was geht es uns?» Der Winzer versucht sich in der Schriftsprache und gibt gleich wieder auf: «Es geht ons darum, daß mir gsond bleibet, daß unsere Kinder gsond heranwachset ond daß unser Wein in seiner Qualität erhalte bleibt . . .»

«Sehr richtig!» rufen die Männer an den Tischen.

«Mit dem Kraftwerk, wias jetzt do drauße steht, müsset mir leba, des ischt klar, aber was zuviel ischt, das ischt vom Übel, ond deshalb sollte die Herra ihre Atomöfa hinstella wo se wellat, aber net bei ons!»

Beifall und Zurufe.

«Ond die Herra, dia jetzt en onser Dorf eigfalle send wia d'Heuschrekka, sollet sich g'sagt sei lasse, daß mir se net brauchet. Sia kennet en Ruh ihr Viertele trenka, ond no sollet se wieder do na, wo se herkomma send!» Mit seiner mächtigen Hand fährt sich der Winzer über die Stirn, nickt noch zwei-, dreimal bekräftigend und läßt sich wieder nieder.

Die Einheimischen klatschen eifrig Beifall und erheben sich nacheinander. Für sie ist dies das Schlußwort gewesen. Der Kaiser's Fritz hat gesprochen, und damit ist gesagt worden, was gesagt werden muß.

Die Versammlung löst sich auf.

Kilper wartet am Saalausgang auf Steinbach.

«Na, muckert die Bandscheibe wieder?» fragt der Doktor, sichtlich erleichtert über den verhältnismäßig friedlichen Ausgang der Versammlung.

«Nee, die ist okay. Ich habe eine Frage, über die ich gern unter vier Augen mit Ihnen gesprochen hätte.»

«Bitte, wie Sie möchten; Sie können mich auf dem Nachhauseweg begleiten.» Langsam schlendern die beiden Männer durch die enge Herrengasse Richtung Marktplatz. «Als Arzt am Ort kümmern Sie sich doch nicht nur um das physische Wohlbefinden Ihrer Patienten . . .» fängt Kilper an.

Der Doktor lacht: «Wäre ich sonst Vorsitzender der Bürgerinitiative?»

«Ich suche einen Mann, oder vielleicht auch eine Frau . . . Jemand, der unverhältnismäßig stark engagiert ist – ich meine, jemand, der sich im Kampf gegen das Kernkraftwerk zu etwas hinreißen lassen könnte, Sie verstehen . . .»

«Einen, der Atommüll klaut und Ihnen unterschiebt, um eine Sensation zu erzeugen? Das klingt ein wenig abenteuerlich, mein Guter.»

«Ich hab schon Verrückteres erlebt.»

Der Arzt bleibt stehen. «Dieser Mensch müßte dann aber auch Zugang zum Kernkraftwerk haben.»

«Mehr noch: er müßte sich dort sehr gut auskennen und die technischen Einrichtungen bedienen können.»

Steinbach sieht ihn nur an, sagt aber nichts. Kilper entschließt sich, mit mehr herauszurücken, als er ursprünglich vorhatte:

«Herr Doktor Steinbach, der Unfall Kanzleiters war aller Wahrscheinlichkeit nach gar kein Unfall, sondern ein kalt arrangierter Mord. Kanzleiter hat versucht, dahinter zu kommen, wer letztes Jahr die Bombe deponiert hat und wer nun möglicherweise hinter dem Mülldiebstahl steckt. Kurz vor seinem Tod hat er Andeutungen gemacht, daß er vor der Lösung des Rätsels steht.»

«Ist das Ihr Ernst?» Steinbach ist plötzlich bleich geworden.

«Es ist – wie sagt man – eine unbewiesene, durch Indizien gestützte Hypothese.»

«Weiß die Polizei davon?»

Kilper sieht Steinbach überrascht an und sagt dann langsam: «Ich glaube, noch nicht.»

Die beiden Männer gehen langsam weiter und erreichen den Marktplatz. Auf dem Brunnenrand hocken dieselben Jugendlichen wie gestern.

«Sekunde», sagt Kilper zu Doktor Steinbach und geht auf die Gruppe zu. «Na?»

«Ganz schön grad sent Sia heut», sagt einer der Jungen. «Hat das Fräulein Doktor Sie wieder aufgerichtet?»

Kilper gibt dem Jungen einen Schubs vor die Brust, er kippt nach hinten, ringt Sekunden um das Gleichgewicht, dann reißt es ihm die Beine nach oben, und er plumpst in das Brunnenbecken. Die anderen lachen grölend.

Sofort beugt sich Kilper über den Rand und hilft ihm heraus. «Ich gebe einen aus», sagt er dann. «Einverstanden?»

«Klar!» brüllen sie im Chor.

«Eis oder Cola?» fragt Kilper.

«Hent ihr des g'hört?» ruft einer und will sich ausschütten vor Lachen. «Vertraget Sia koi Bier?»

«Na, dann also auf ein Bier. Und wo?»

«En dr Diskothek», kommt es vielstimmig zurück.

Kilper sagt: «Ich komme gleich nach, muß mich nur noch vom Doktor verabschieden.» Er tritt auf den Arzt zu. «Kennen Sie Luzifer?» fragt er.

Scharf fährt ihn der Doktor an: «Nennen Sie ihn nicht Luzifer! Er heißt Erwin Pichowiak . . . Wie kommen Sie ausgerechnet auf ihn?»

«Ich habe ihn gestern gesehen.»

«Hören Sie, Erwin hat damit nichts zu tun!»

«Nein?»

«Nein!» sagt Steinbach mit Bestimmtheit.

«Und warum sind Sie so sicher?»

«Weil ich ihn besser kenne als irgend jemand sonst.»

Kilper schaut Steinbach ins Gesicht. Kleine Schweißperlen stehen auf der Stirn des Doktors. Er atmet heftig. Plötzlich wendet er sich um und läßt Kilper wortlos stehen.

Langsam geht Kilper auf die Diskothek zu.

7

Als Kilper aus der Diskothek kommt, ist er müde vom Bier und vom Lärm. Die Sonne ist vollends durchgebrochen. Das Dorf ist ruhig. Vor den Schaufenstern der wenigen Geschäfte am Marktplatz flanieren Paare im Sonntagsstaat, die Frauen bei den Männern eingehängt, am anderen Arm ein Täschchen, die Männer mit einem Ausdruck lammfrommer, gelangweilter Ergebenheit im Gesicht. Desinteressiert starren sie auf Kleiderpuppen, Polstermöbel und Schmuck hinter den Scheiben.

Kilper schüttelt sich, als ob er das alles loswerden müßte. Er schlendert die Korngasse hinunter, an deren Ende das Büro des Weihersbronner Tagesanzeigers liegt. Er klopft an die Scheibe des ebenerdig liegenden Redaktionsraumes. Anne Muthesius' Gesicht taucht hinter dem Fenster auf. Sie winkt. Kurz darauf dreht sich der Schlüssel im Schloß der Eingangstür.

«Na, was macht die Titelseite?» fragt er lustlos.

«Ist Ihnen eine Laus über die Leber gelaufen?» fragt sie, und das Strahlen verschwindet langsam von ihrem Gesicht.

Kilper läßt sich auf einen der Bürostühle fallen. Erst jetzt bemerkt er den Lokalchef, der hinter seinem Schreibtisch thront und Zeitungsausschnitte aufklebt.

«Tag auch!» sagt Kilper.

«Grüß Gott!» antwortet der andere.

Kilper sieht den älteren Kollegen prüfend an, dann entschließt er sich zu fragen: «Welche Beziehung besteht zwischen Doktor Steinbach und dem Jungen, den sie hier Luzifer nennen?»

Der Lokalchef holt aus der obersten Schublade seines Schreibtisches eine dicke Zigarre, beißt die Spitze ab und entzündet sie sorgfältig. Dann hebt er den Kopf: «Seltsame Geschichte.»

Anne Muthesius klebt einen Zeitungsausschnitt auf. Kilper steht auf und lehnt sich an das Schaufenster, in dem die Lokalseiten des Weihersbronner Tagesanzeigers ausgestellt sind.

«Seltsame Geschichte», wiederholt der Lokalchef, und er scheint es zu genießen, etwas zu wissen, was der andere nicht weiß.

«Luzifer . . . ich meine, Erwin Pichowiak wohnt bei Doktor Steinbach», sagt Anne Muthesius.

Der Lokalchef wirft ihr einen bösen Blick zu und stößt eine gewaltige, scharf riechende Rauchwolke aus. «Aber warum?»

«Ich weiß es nicht», sagt Anne Muthesius.

«Ich weiß es nicht, ich weiß es nicht», äfft sie ihr Chef nach. «Das sollten Sie aber wissen, denn dann könnten Sie dem Herrn Kollegen hier Auskunft geben.» Ächzend erhebt er sich von seinem Bürostuhl und geht zur Tür. «Jetzt muß der Herr Starjournalist womöglich persönlich recherchieren.»

«Okay», sagt Kilper, «aber ich denke, daß Sie die Kollegialität nicht übertreiben, wenn Sie mir einen Ansatzpunkt für die Recherchen geben.»

Der Lokalchef greift sich seinen Hut vom Kleiderständer und dreht ihn langsam in der Hand. «Na gut . . . Steinbach war nicht immer praktischer Arzt. Früher war er Oberarzt im Kreiskrankenhaus, und man hat ihm eine Mordskarriere vorausgesagt. Aber dann war er plötzlich weg vom Fenster. Von heut auf morgen sozusagen; irgendwas muß da passiert sein. Aber man ist da nie so richtig dahintergestiegen . . . Sie wissen ja, eine Krähe hackt der anderen kein Auge aus, und Mediziner halten allemal zusammen.»

Kilper betrachtet seine Fingernägel und sagt langsam: «Wenn ich Sie richtig verstehe, ist da irgendein dunkler Punkt. Und was hat das mit Luzifer zu tun?»

Der Lokalchef greift nach der Türklinke, setzt seinen speckigen grauen Hut auf und zuckt die Achseln. «Ein seltsames zeitliches Zusammentreffen. Der Junge ist bei ihm, seitdem Steinbach sang- und klanglos die Oberarztstelle im Krankenhaus aufgegeben hat.»

«Wann war das?»

«Vor fünf oder sechs Jahren», sagt der Lokalchef im Hinausgehen. Dann reißt er noch einmal die Tür auf und ruft: «Ich bin im Adler, wenn mich jemand sucht.»

«Den sucht sowieso keiner», murrt Anne Muthesius.

«Gibt es hier ein Archiv?» Kilpers Lethargie ist verflogen.

«Die Jahrgänge sind abgeheftet seit 1948, wenn Sie das meinen.»

«Klar, genau das meine ich.»

«Und ich dachte, Sie wollten mich zu einem Kaffee einladen», schmollt sie.

«Ich mach gleich einen», erbietet sich Kilper eifrig.

«Na, an dieses Café hier hatte ich weniger gedacht.»

Kilper bleibt ungerührt. «Erst die Arbeit», sagt er; «wo sind die alten Jahrgänge?»

«Auf dem Dachboden. Ich zeig's Ihnen.»

Gemeinsam steigen sie vier enge Stiegen hinauf. Die Treppe endet direkt auf einem offenen Dachboden. Stützbalken ziehen sich durch den langgezogenen düsteren Raum. Anne Muthesius dreht am Lichtschalter; eine trübe Birne verbreitet mattes Licht.

«Das ist ja ein Ding!» Kilper schlägt mit einer Hand auf einen Stapel alter Zeitungen und bekommt sofort einen Hustenanfall; der Staub von dreißig Jahren hat ihn eingehüllt. «Was sagte er?» prustet Kilper; «vor fünf oder sechs Jahren? Fangen wir mal sechs Jahre zurück an; die meisten Leute sehen die Vergangenheit kürzer.»

«Heißt das, daß Sie all diese staubigen Dinger durchschauen wollen?»

«Aber ja doch. Was denn sonst?»

«Ohne mich», erklärt sie trotzig. «Ich muß sowieso runter und Telefondienst machen; außerdem erwarte ich den Rücklauf meiner Geschichte.»

«Lassen Sie sich nicht stören.» Kilper zieht sein kariertes Jackett aus.

Mißmutig steigt Anne Muthesius die steile Treppe wieder hinunter.

Fast hat sie den Hamburger Kollegen vergessen, als sie nach drei Stunden ihre Geschichte durchkorrigiert und über den Fernschreiber in der letzten Fassung zur Zentralredaktion durchgetickert hat. Sie steht vor dem Spiegel, zieht ihre Lippen nach und denkt, wie hübsch es wäre, wenn sie durch Zufall an diesem Abend dem Kollegen Kilper ... «Du bist verrückt», sagt sie da leise zu sich, «den haste doch selbst unters Dach gesteckt.» Dann steigt sie hinauf.

Als ihr Kopf die Höhe des Dachbodens erreicht hat, bricht sie in schallendes Gelächter aus. Kilper liegt auf dem Bauch, umgeben von Zeitungsbergen; Haar und Bart sind von dem Staub grau geworden, seine Hosen sind über und über voller Schmutzflecken, sein Gesicht ist völlig verdreckt.

«Sie sind ein Fanatiker», stellt das Mädchen fest.

«Wenn Sie so in den Beruf eingestiegen wären wie ich, wäre Ihnen auch nichts anderes übrig geblieben.»

«Das würde ich Ihnen ja gern abgewöhnen ...»

«Was denn? Den Fanatismus?»

«Nein, Ihre Art mit Ihrer Selfmade-Tour zu kokettieren. Haben Sie was gefunden?» fragt sie dann.

«Ja, eine Unfallmeldung. Sieben Jahre alt.»

«Und warum suchen Sie dann immer noch weiter?»

Kilper antwortet nicht, er hat seinen Kopf plötzlich vorgereckt und starrt auf eine Zeitungsseite. Mit einem Griff reißt er die Seite heraus.

«Was tun Sie denn?» ruft Anne Muthesius; «wir haben von jeder Ausgabe nur ein Stück!»

«Das mache ich aus übergeordnetem Sicherheitsinteresse.» Kilper springt auf und klopft sich den Staub von den Kleidern. «Wie spät ist es?» fragt er.

«Kurz vor sieben.»

«Zeit, Essen zu gehen.»

«So, wie Sie aussehen?» Anne Muthesius schaut ihn entgeistert an.

«Wieso? Wie seh ich denn aus?»

«Wie ein Müllarbeiter nach einem schweren Tag.»

«Aber das ist doch ehrenhaft – oder nicht?»

«Also, ich gehe nicht so mit Ihnen aus.»

«Sondern?»

«Was, sondern?»

«Na, wo gehen Sie dann mit mir hin?»

Sie lacht: «Also gut – gehen wir zu mir, Sie bekommen ein heißes Bad, ein paar Spiegeleier und eine Schreibmaschine.»

Als sie in der Abenddämmerung die Redaktion verlassen, schlagen die Glocken der beiden Kirchen synchron sieben Uhr und beginnen gemeinsam zu läuten.

«Klingt schön», sagt Kilper und legt den Arm um die Schultern seiner Begleiterin. «In der Stadt hört man die Glocken gar nicht mehr vor lauter Verkehrslärm.»

Sie gehen nebeneinander die Herrengasse hinunter. Anne Muthesius läßt den fremden Arm, wo er ist.

«Was ist denn nun rausgekommen bei Ihrer Staubschlacht auf dem Dachboden?» fragt sie.

«Ich weiß es nicht so genau. Mir fehlt noch ein Steinchen. Aber soviel steht fest: Steinbach hat seinen Job im Krankenhaus ziemlich plötzlich verloren. Ihr Blatt, verehrte Kollegin, hat sich seinerzeit glänzend auf Andeutungen verstanden.»

«Mit anderen Worten, die Fakten fehlen?» Der fremde Arm gibt sie frei . . . Schade? Schade.

«Nicht ganz. Zum Beispiel ist es ein Faktum, daß Erna Pichowiak – ich zitiere – ‹für uns alle überraschend und unbegreiflich, von uns gegangen ist›. So steht es in der Todesanzeige.»

«Sie wollen doch nicht den Tod dieser Frau mit Steinbachs Ausscheiden . . .»

«Es muß keine Verbindung bestehen, aber man kann es auch nicht ausschließen. Überlegen Sie doch mal: diese Frau stirbt überraschend; Steinbach, der sie vielleicht ärztlich betreut hat, muß Hals über Kopf seine Oberarztstelle aufgeben; nimmt den Jungen zu sich – und das alles geschieht in einem engen zeitlichen Zusammenhang . . .»

«Aber das kann doch alles Zufall sein.»

«Gut möglich, zugegeben. Aber vielleicht ist es kein Zufall.»

«Wenn da mal nicht die Phantasie mit Ihnen durchgeht!»

«Daran wäre dann Ihr Blatt mitschuldig. Sehen Sie mal, am 6. Oktober hat ein Mann oder eine Frau unter dem Kürzel *ac* geschrieben . . .»

«Das ist mein Chef – *ac* steht für Aschmeier.»

«Also, der Herr Aschmeier schreibt . . . Moment, bleiben Sie mal unter der Laterne da stehen. Wo habe ich's denn – Ja, hier:

Dem Kreiskrankenhaus steht eine peinliche Untersuchung bevor. Leichtfertiger Umgang mit beruhigenden Drogen ist noch einer der milderen Vorwürfe. Patienten klagen über Vernachlässigung. Mehrfach soll bei akuten Notfällen der diensthabende Arzt nicht oder zu spät gekommen sein. Schwestern müssen Aufgaben der Mediziner übernehmen. Wir zitieren einen Beamten des Landratsamtes: «Hier muß mit eisernem Besen gekehrt werden.

Soweit das Zitat. Dann erscheint vierzehn Tage lang kein Bericht mehr über die skandalösen Verhältnisse in der Klinik. Und schließlich findet man eine kleine Meldung, ganz hinten im Lokalteil, wieder mit *ac* gezeichnet ... Moment, die habe ich auch rausgerissen ... Da:

Oberarzt Dr. Philipp Steinbach verläßt das Kreiskrankenhaus auf eigenen Wunsch; er will sich als praktischer Arzt niederlassen.

Mehr steht da nicht.»

«Jaaa ...» Anne Muthesius sieht zu Kilper auf: «Es stimmt, man könnte sich durchaus etwas daraus zusammenreimen.»

«Wollen wir wetten, daß der Herr Aschmeier mehr weiß, als er damals geschrieben hat?»

«Kann sein. Aber der wird nichts sagen; genausowenig wie alle anderen. Angenommen, der Doktor hat ein krummes Ding gedreht damals; dann haben alle Beteiligten beschlossen, dicht zu halten ...»

«Damals!» Kilper hat sich nachdenklich gegen die Straßenlaterne gelehnt. Es ist schnell dunkel geworden. Sein Blick gleitet ziellos durch die Dämmerung und bleibt an einer Gestalt hängen, die nur wenige Meter entfernt an einer Hauswand lehnt. «Schauen Sie mal», sagt er leise, «sieht gerade so aus, als ob den unser Gespräch interessieren würde. Wer ist das?»

«Das kann man doch in der Dunkelheit nicht erkennen.»

Kilper löst sich von der Laterne und geht langsam weiter. Anne folgt ihm zögernd. Die Gestalt wendet sich dem Haus zu. Kilper erkennt einen ziemlich kleinen Mann in einem zu langen Mantel, dessen Kragen hochgeschlagen ist. Als er ihn erreicht, macht der vermeintliche Zuhörer einen Schritt in eine Toreinfahrt und bleibt abrupt wieder stehen.

«Kommen Sie», sagt Kilper kopfschüttelnd zu Anne Muthesius und faßt sie am Arm.

Schnell gehen die beiden auf das Haus zu, in dem die Journalistin wohnt. Anne Muthesius fröstelt.

Der Mann in der Hofeinfahrt hebt langsam den Kopf und schaut ihnen nach.

Hauptkommissar Bienzle verläßt bei Einbruch der Dunkelheit den Goldenen Adler. Sein Auto läßt er stehen, denn was er jetzt tun muß, schiebt er gern noch ein Stück vor sich her. Er atmet tief ein: Das ist eine andere Luft als im Stuttgarter Talkessel! Zweimal fragt er Passanten nach dem Weg, schließlich erreicht er das kleine Siedlungshäuschen, das grau und niedrig in einem akkurat gepflegten Gärtchen steht.

«Frau Kanzleiter?» fragt er, als ihm eine vielleicht Vierzigjährige die Tür öffnet. «Ich bin Kriminalhauptkommissar Bienzle aus Stuttgart. Darf ich reinkommen?»

Die schwarz gekleidete Frau macht eine einladende Handbewegung.

«Es tut mir leid, daß ich Sie stören muß.»

«Lassen Sie's gut sein», sagt sie und lächelt ein wenig; «im Augenblick bin ich für jede Störung dankbar.»

Überrascht blickt Bienzle ihr ins Gesicht. Er kennt die Gesichter von Menschen, die gerade den Partner verloren haben: aufgequollen vom ständigen Weinen oder bleich und glashart vom Kampf gegen den Schmerz. Diese Frau wirkt gelöst, fast fröhlich.

«Übrigens, mein Beileid», sagt er so, als ob er einen Test machen wollte.

«Danke», sagt sie. «Kann ich Ihnen etwas anbieten?»

«Ein Viertele Wein vielleicht . . .»

Sie geht in die Küche. Der Kommissar sieht sich um. Ein kleines, behaglich eingerichtetes Wohnzimmer; kein Einheits-Versandhausstil, sondern safarifarben leinenbezogene Sitzkissen, ein niedriger Tisch, über dem eine moderne Lampe hängt, an den Wänden hübsch gerahmte Drucke von naiven Malern.

Frau Kanzleiter kommt mit einer Flasche und zwei Gläsern.

«Darf ich das machen?» Bienzle füllt die Gläser, hebt das seine und überlegt, wie man einer frischgebackenen Witwe zutrinkt.

Wieder lächelt sie und sagt: «Prost!»

«Verzeihen Sie», sagt Bienzle. «Sie wirken auf mich so gefaßt, daß es . . . Ich meine, daß . . .»

«. . . daß es Sie fast aus der Fassung bringt?»

«Tja, so könnte man sagen.»

«Ich will's Ihnen erklären. Mein Mann hat mich schon vor einem Jahr um die Scheidung gebeten. Wir haben nur noch pro Forma zusammengelebt, und auch das war schlimm genug . . . Ich mochte ihn einmal sehr, und ich habe es sogar noch ein wenig verstanden, als er sich in die andere . . . Nun, als er sich in sie verliebt hat. Aber dann tat er plötzlich so, als ob ich an allen Problemen schuld sei, die er mit sich selber hatte. Er wurde gereizt, beschimpfte mich, schlug nach mir. Ja, und dann kam noch die Geschichte mit der Bombe dazu . . . Ich weiß nicht, in wieweit Sie Bescheid wissen?»

«Ich kenne die Vorgänge.»

«Er bekam ein Magenleiden, Gastritis; er wurde immer unerträglicher, und sein Zorn richtete sich immer gegen mich . . . Ich weiß gar nicht, warum ich Ihnen das alles so schnell erzähle, ich falle ja richtig mit der Tür ins Haus.»

«Macht nichts, mir passiert das oft», lächelt Bienzle. «Sagen Sie, wie kam er denn zu dieser Umweltschutz-Initiative?»

«Er ist . . . Er war ein großer Naturliebhaber. Früher sind wir viel gewandert . . . Na ja, und dann war da auch die andere Frau. Sie ist die rechte Hand von Doktor Steinbach, in der Praxis und bei der Bürgerinitiative; sie hat ihn dann wohl vollends . . . Wie soll ich sagen – überzeugt.»

«Der Wein ist wunderbar», sagt Bienzle.

«Ein Schwarzriesling.»

Pause.

«Sagen Sie», nimmt schließlich Bienzle den Faden wieder auf, «dieser Doktor Steinbach ist wohl eine sehr wichtige Figur hier im Städtchen?»

Bienzle erfährt, daß der Doktor nicht immer so beliebt gewesen sei; daß er zu Zeiten seiner Oberarztwürden als «arger Tunichtgut» gegolten habe und daß man ja alles mögliche munkele, warum ausgerechnet er diesen Luzifer zu sich genommen habe.

Die Literflasche ist leer, als der Kommissar die Witwe verläßt. Er geht noch an der Redaktion vorbei, und weil alle Fenster dunkel sind, ruft er vom Goldenen Adler aus bei Fräulein Muthesius zu Hause an.

«Entschuldigen Sie bitte, daß ich Sie privat störe . . .»

«Macht doch nichts.» Anne Muthesius legt die Jacke Hans Kilpers aus der Hand, die sie ohne großen Erfolg ausgebürstet hat.

«Ich hätte da eine Frage . . . Gibt es bei Ihnen so etwas wie ein Archiv?»

Anne Muthesius deckt die Muschel des Hörers mit der Hand ab und flüstert in Richtung Bad: «Der Kommissar will in unser Archiv!»

«Hallo . . . Hallo – sind Sie noch da?» ruft Bienzle.

«Ja, ich bin noch da . . . Sie sagten etwas von unserem Archiv?»

«Ja. Ich suche Material über Vorgänge aus dem Jahr – na, 1969 ungefähr. Oder jemand, der sich sehr gut an diese Zeit erinnert.»

«Da müßten Sie eben morgen mal vorbeischauen», sagt Anne Muthesius.

«Mach ich – vielen Dank auch!» Bienzle läßt den Hörer sacht und sehr nachdenklich auf die Gabel rutschen.

«Donnerwetter», sagt Hans Kilper, der mit Anne Muthesius' Bademantel nur das Allernötigste zudecken kann, «den Kerl habe ich unterschätzt!»

«Warum?»

«Wie er es auch immer angestellt haben mag, er ist auf jeden Fall genau so wie wir auf die Steinbach-Story gestoßen . . .»

«Ja . . . Sieht so aus, nicht?»

Kilper hebt seine Jacke hoch. «Na, die muß wohl in die Reinigung.»

«Das fürchte ich auch», sagt Anne, und plötzlich wird ihr bewußt, daß sie eine fast gequälte Konversation begonnen haben; schüchtern, beinahe scheu wirkt Kilper auf einmal. «Ich geh mal die Spiegeleier braten», sagt sie; «dann können Sie sich in Ruhe anziehen.»

Eine Viertelstunde später sitzen sie sich auf zwei Korbstühlen gegenüber. Es gibt Schinkenspeck mit Spiegeleiern. Hans Kilper beginnt von London zu erzählen. Später legt sie eine Platte auf, *Panflöte und Orgel* von Gheorghe Zamfir, und dann schweigen sie ein bißchen.

Kilper lehnt sich auf der breiten Couch zurück und sagt: «Darf ich vielleicht jetzt Ihren Artikel sehen?»

«Mhm» macht sie und bringt ihm auf einer langen Fahne den Text aus dem Fernschreiber.

Er liest konzentriert und langsam, so als ob er jeden Satz wägen würde. Sie geht nervös auf und ab.

«Was heißt das hier, da sind zwei Zeilen übereinander getippt», sagt er geistesabwesend.

Sie kniet sich neben ihn auf die Couch und schaut nach.

«Das heißt: *Sieben Minuten dauerte es, bis der Krankenwagen eingetroffen war, zwölf, bis der Hubschrauber landete.*»

Kilper nickt stumm, liest weiter. Anne bleibt neben ihm knien. Sie weiß nicht warum, sie weiß nur, daß sie nun hier nicht mehr weg will. Er liest genauso konzentriert weiter, aber dann, wie von selbst, macht sein rechter Arm eine langsame Bewegung in ihre Richtung. Sie fühlt plötzlich seine Hand im Nacken, sehr sanft, kaum spürbar. Es ist, als ob sich die Hand selbständig gemacht hätte; er bleibt dabei völlig in das Manuskript vertieft. Dann legt er das Blatt mit einer ebenso langsamen Bewegung aus der Hand und sagt:

«Das ist richtig gut gemacht.»

Sie weiß nicht, was sie erwartet hat, aber sie ist unendlich erleichtert. Seine Hand ist noch immer am gleichen Platz, nur daß sie sich jetzt ein ganz klein wenig bewegt, daß der Druck ein wenig zunimmt, dann noch ein wenig mehr, und weil sie diesem sanften Druck nicht standhalten will, gibt sie bald nach.

Im Gasthaus Zum Goldenen Adler wartet Hauptkommissar Bienzle bis nach Mitternacht auf die Rückkehr des Hamburger Gastes von Zimmer elf. Schließlich gibt er auf, beschließt, den Journalisten beim Frühstück abzupassen, und geht schlafen.

Als Hans Kilper die Wohnung von Anne Muthesius verläßt, ist es kurz nach ein Uhr. Er singt leise und falsch vor sich hin. Vergessen ist das Atomkraftwerk, in unendlicher Ferne die Hamburger Redaktion. Ein Mord? Das muß in einer anderen Welt geschehen sein. Nicht in der Welt, in der Anne . . . In der er mit Anne . . . Er hat sich schon lange – ach was: überhaupt noch nie in seinem Leben so leicht, so beschwingt, so glücklich gefühlt.

«*All you need is love*», singt er leise, als er durch die nächtliche Korngasse in Richtung Goldener Adler geht. Weit breitet er die Arme aus und schaut in den nächtlichen Sternenhimmel; er pumpt seine Lungen voll und macht ein paar Tanzschritte, die ihm möglicherweise das Leben retten.

Den Knall hört er, wie er später immer beteuert, erst, nachdem er den Schlag gegen die Schulter gespürt hat. Es reißt ihn fast von den Beinen, er taumelt gegen eine Hauswand, natürlich mit der Schulter voran, und es tut auf einmal weh. Als die Straße aufhört, sich vor seinen Augen zu drehen, beginnt er zu rennen, torkelnd zuerst, dann schneller – nicht in wilder Flucht, nein; er rennt in die Richtung, aus der der Schuß gekommen ist.

Für Sekundenbruchteile duckt er sich in eine Toreinfahrt, lauscht, hört hastige Schritte und rennt wieder los. In einigen Häusern gehen Lichter an. Kilper hastet durch eine Kaufhauspassage und biegt in die Bahnhofstraße ein. Sie verläuft schnurgerade auf die Bahngeleise zu. Die Schranke ist unten. Ein Güterzug schiebt sich gemächlich durch das schmale Blickfeld. Kurz vor der Schranke sieht Kilper eine schemenhafte Gestalt.

Er kommt nicht über die Gleise, ehe ich ihn habe, denkt er und spurtet wieder los; der Schmerz in der Schulter ist weg. Die Gestalt vor ihm überklettert die Schranke, als der letzte Wagen vorbeituckert. Von dem flüchtenden Mann keine Spur.

Erschöpft läßt sich Kilper auf den Gehsteig sinken. Erst jetzt stellt er fest, daß Blut an seinem Arm herunterrinnt. Der Jackenärmel ist völlig durchnäßt, er ist schwer und klebrig geworden. «Scheiße», murmelt Kilper, dann verliert er das Bewußtsein.

Als er zu sich kommt, stehen zwei Männer über ihm. Einer fragt:

«Was ist passiert?»

«Man hat auf mich geschossen», bringt Kilper mühsam hervor. «Ich brauche einen Arzt.»

Einer der Männer faßt ihn unter den Achseln und stützt ihn vorsichtig. «Warum sind Sie denn so gerannt?» fragt er.

«Ich dachte, ich krieg ihn noch.»

«Wen?»

«Na, den, der geschossen hat.»

«Aber wenn er geschossen hat, war er doch bewaffnet!»

Kilper sieht den Mann an. «Daran habe ich nicht gedacht.»

«Wir bringen Sie zu Doktor Steinbach», sagt einer der Männer.

Die Straße dreht sich wieder, der Horizont liegt schräg. Kettenkarussell. Jemand sagt, paß doch auf, gleich kippt er um. Das Karussell dreht sich schneller. Da steht Anne neben dem Kommissar, wie heißt er gleich . . . Aus Stuttgart; ist ja auch egal. Doktor Steinbach legt Luzifer den Arm um die Schulter. Er grinst. Steinbach grinst. Steinbach ruft etwas, aber er kann es nicht verstehen; es hallt so laut. Wahrscheinlich kommt das von den Ionenaustauschern. «Na hilf mir doch», sagt eine Stimme, «wir müssen ihn gleich zu Doktor Steinbach . . .»

«Nein», sagt Kilper laut, und es hallt nicht mehr, «nicht zu Doktor Steinbach . . .» Was wollen die beiden von ihm? Warum liegt er auf der Straße? Was bimmelt da so? Das lange rotweiße Ding hat die Vertikale erreicht, steht still; das Gebimmel hört auf. Die Schranke, ach so.

«Ja, aber . . .» Die Stimme klingt ratlos: «Es gibt hier keinen anderen Arzt!»

Arzt. Schulter. Er hat auf mich . . . Wer hat? Wer zum Teufel hat geschossen? Die Straße dreht sich nicht mehr.

«Ja, bitte», sagt Kilper, «bringen Sie mich zu Doktor Steinbach.» Er ist wieder ganz klar. Der Schmerz ist wieder da, aber es ist auszuhalten. Was war das eben? denkt er, was hab ich gegen den Doktor? Ich wollte ihm ohnehin auf den Zahn fühlen . . .

Es dauert lange, ehe sich auf ihr eindringliches Klingeln etwas rührt; dann taucht der Arzt selbst in der Tür auf; er ist in einen Bademantel gehüllt, unter dem der Saum eines altmodischen Nachthemds hervorschaut.

«Mein Gott», sagt er, «wie sehen Sie denn aus?»

«Jemand hat auf mich geschossen», bringt Kilper hervor.

«Schaffen Sie den Mann in meine Praxis im ersten Stock», befiehlt Steinbach. «Ich komme gleich.»

Ein wohliges Gefühl geht durch Kilpers Glieder, als er sich auf einer Liege ausstrecken kann. Die Augen fallen ihm zu. Er öffnet sie erst wieder, als er merkt, daß sich jemand nähert. Steinbach kommt mit einem herzlichen Lächeln auf ihn zu.

«Das werden wir gleich haben!»

Mit einer Schere schneidet er Jacken- und Hemdärmel auf. «Die Kugel ist glatt durchgegangen, offensichtlich neben dem Knochen; das ist unproblematisch.»

«Na, Gott sei Dank», sagt Kilper und schließt die Augen wieder. Seine Gedanken fahren wieder Karussell. Wer hat auf ihn geschossen – Luzifer? Wie kommt er auf Luzifer? Warum sollte Luzifer . . . Hat er doch Dreck am Stecken? – Steinbach selber vielleicht? Auch hier: Warum? Quatsch. Halluzinationen sind das, wie vorhin.

«Was machen Sie mit mir, Doktor?» fragt er.

«Nur ruhig, Herr Kilper! Wir müssen den Arm örtlich betäuben und die Wunde nähen.»

«Machen Sie es ohne Betäubung!» sagt Kilper scharf.

«Ohne Betäubung? Sie werden irrsinnige Schmerzen haben.»

«Ich bin allergisch gegen das Zeug . . .» Verdammt noch mal, du benimmst dich wie ein Idiot.

«Ach, Dummheiten. Sie wissen ja gar nicht, was ich spritze.» Mit sicheren Händen zieht der Arzt die Spritze auf.

Kilper hat gesehen, daß er das Betäubungsmittel aus einem frisch angerissenen Paket genommen hat. Aber was ist wirklich drin? «Mensch, mach dich nicht verrückt», murmelt er.

«Wie bitte?» sagt der Arzt.

«Nichts. Ich glaube, ich fange an zu phantasieren», brummt Kilper. Im gleichen Moment fällt ihm eine Story ein, die er vor ein paar Jahren selbst recherchiert hat. Ein Assistenzarzt hatte seine Geliebte umgebracht, indem er ihr Luft spritzte. *Führt garantiert zu einer tödlichen Embolie*, hatte ihm damals ein Informant gesagt. Kilper beobachtet den Arzt. Ist die Spritze leer oder gefüllt? Von der Liege aus ist es nicht zu erkennen.

Kalter Schweiß tritt auf seine Stirn. In seinem Arm pocht das Blut. Oder in der Schulter; er kann es nicht lokalisieren. «Rufen Sie im Adler an, ich muß den Kommissar sprechen.»

«Das hat Zeit bis morgen», sagt Steinbach mit beruhigender Stimme.

«Es hat nicht Zeit!» schreit Kilper; «nichts hat Zeit . . . Vielleicht ist alles zu spät!»

«Sie werden gleich ruhiger sein, wenn wir das Zeug injiziert haben.»

«Ich will nicht! Nehmen Sie die Spritze weg!»

«Das ist der Schock; beruhigen Sie sich doch – so krieg ich die Nadel doch nie rein.»

«Das sollen Sie ja auch nicht . . . Ich will keine Spritze . . .» Ermattet läßt Kilper den Kopf zurücksinken.

Für Sekunden ist es still im Zimmer. Da hört man plötzlich die Haustür gehen. Beide lauschen. *Teck-tock, teck tock* . . . Unregelmäßige Schritte kommen die Treppe hinauf. Nur ein Mann, der hinkt, geht so ungleichmäßig.

«Ist das Lu . . . Ist das Erwin?» fragt Kilper mit atemloser Stimme.

«Ich denke, ja. Er wird in der Diskothek gewesen sein.»

Die Tür öffnet sich einen Spalt. Luzifer steckt den Kopf herein. Kilper sieht für einen Moment den ölverschmierten Overall.

«'Zeihung», sagt der Junge, «ich wußte nicht . . . So spät noch ein Patient?» Die Antwort wartet er nicht ab; leise zieht er die Tür ins Schloß.

«Geht er immer im Overall in die Diskothek?» fragt Kilper und merkt plötzlich, daß der Arzt am Ende seiner Selbstbeherrschung ist.

«Ich denke, Sie haben im Augenblick genug eigene Probleme», fährt er den Verletzten an.

Kilper bemüht sich fieberhaft, einen klaren Gedanken zu fassen. Du machst dich lächerlich, denkt er. Dann wieder: Er weiß, daß ich Luzifer verdächtige . . . Er hat bestimmt was damit zu tun . . . «Doktor», sagt er und versucht ruhig zu sprechen, «ich fühle mich besser; machen Sie mir einen Verband, und damit genug. Ich komme morgen und lasse die Wunde nähen.»

«Nun aber mal Schluß mit den Faxen! Ich weiß nicht, was Sie haben, aber die Wunde muß genäht werden. Und wir müssen zusehen, daß wir das Blut stillen.»

Kilper sieht, wie sich die Spritze auf seinen Arm zubewegt; plötzlich erscheint sie ihm überdimensional, gefährlich, bedrohend, tödlich. Nur noch Zentimeter ist die Nadel von seinem Arm entfernt. Er sieht sie leicht zittern . . . Er schlägt dem Arzt die Spritze aus der Hand, bäumt sich von der Liege hoch, springt auf, rennt gegen den verdutzten Steinbach, schafft sich so einen Weg, stürzt zur Tür, die Treppe hinunter und aus dem Haus.

Die frische Luft schlägt ihm gegen die heiße Stirn. Er ringt nach Atem, hastet weiter, hört hinter sich Stimmen; er rennt, erreicht die Korngasse, stolpert über Pflastersteine, nimmt eine Seitengasse und steht plötzlich vor dem Haus, in dem Anne Muthesius wohnt. Seine Kraft reicht noch, um die Hand gegen das ganze Klingelbrett zu drücken. Dann verliert er wieder das Bewußtsein.

Als er wieder zu sich kommt, liegt er in einem hellen, weißgetünchten Zimmer, das nach Krankenhaus riecht. Das Licht brennt. Links von seinem Bett steht Anne, rechts Kommissar Bienzle.

«Was ist heute für ein Tag?» fragt Kilper.

«Sonntag», sagt Bienzle finster. «Drei Uhr früh . . . Wer hat auf Sie geschossen?»

«Wenn ich das wüßte . . .»

«Wenn ich nur wüßte, was Sie alles wissen», raunzt der Kommissar.

«Eine Frage», ächzt Kilper, dessen Arm heftig schmerzt, «wer hat Sie benachrichtigt?»

«Fräulein Muthesius.»

«Hat Steinbach Sie nicht angerufen?»

«Nein», sagt der Kommissar knapp. «Und jetzt werde *ich* mal ein paar Fragen stellen.»

Kilper schließt die Augen und stellt sich tot.

«Do könntescht doch uff dr Sau naus!» schimpft Bienzle und stapft aus dem Zimmer.

Als Annes Hand sacht über Kilpers Stirn fährt, schlägt er die Augen wieder auf.

«Warum machst du ihm denn das Leben so schwer?» fragt sie.

Kilper grinst: «Je später er den Fall löst, um so sicherer hab ich die Geschichte exklusiv . . .» Dann macht er die Augen wieder zu.

«Wenn du nicht so ungeheuer zärtlich sein könntest, würde ich dir deine Kaltschnäuzigkeit glauben», flüstert sie, haucht ihm einen Kuß auf die Nasenspitze und schleicht auf Zehenspitzen hinaus. Draußen wartet Bienzle auf sie.

«Dieser Allmachtsprachtsdackel!» bullert er los; «die Geheimnistuerei bringt ihm doch nichts ein!»

Kilper kann nicht einschlafen. Draußen vor dem Fenster beginnt die Nacht zu verblassen, aber es wird noch nicht hell. Er ist wieder völlig klar und im Augenblick so gut wie schmerzfrei. Seine Gedanken werden nicht mehr von irgendwelchen Beruhigungsmitteln gebremst. In diesem Krankenhaus, denkt er, ist wahrscheinlich Luzifers Mutter gestorben . . .

Leise geht die Tür auf; mattes Licht fällt vom Flur ins Zimmer. Kilper sieht die Silhouette einer Krankenschwester. Einer jungen Krankenschwester, der Silhouette nach zu urteilen. Behutsam zieht sie die Tür wieder zu.

«Schwester . . .»

Die Tür geht wieder auf. «Warum schlafen Sie denn nicht? Wollen Sie eine Tablette?»

«Machen Sie das Licht an, bitte.»

Die Silhouette hat nicht getrogen. Niedlich, frischgewaschen und in dem Alter, in dem sie alle hübsch sind, wenn sie nicht gerade einen Buckel haben. Adrett. Jetzt ein Lächeln – schon mechanisch, aber noch nicht völlig routinestarr; eine Fernsehansagerin, die glaubt, sie sieht aus wie Audrey Hepburn als Nonne.

«Bitte sagen Sie jetzt nicht, na, wie geht's uns denn», sagt Kilper rasch, als sie den Mund aufmacht.

«Wie geht es Ihnen, mein Herr?»

«Danke der Nachfrage; vorzüglich, an den Umständen gemessen.»

Sie lachen beide. Dann setzt sie sich unaufgefordert auf den Besucherstuhl, fragt aber ganz dienstlich: «Kann ich Ihnen was geben?» Sie lächelt wieder.

Kilper spielt mit dem Gedanken, zu sagen, ja, einen Kuß – nur so, testweise. «Ja, eine Auskunft», sagt er statt dessen.

«Eine . . . Warum? Wieso eine Auskunft?»

«Eigentlich wollte *ich* die Fragen stellen . . . Na ja; mit einem Krüppel kann man's ja machen!»

Jetzt lächelt sie nicht mehr. «Die schlimmsten Kranken sind die, die mit ihrer Krankheit kokettieren.»

Entschlossen schwingt Kilper die Beine aus dem Bett.

«Nur kein falscher Trotz», sagt die adrette Schwester.

Kilper steht langsam auf. Für Sekunden dreht sich das Krankenzimmer vor seinen Augen; er fixiert das Waschbecken und bringt es zum Stehen.

«Sie legen sich sofort wieder ins Bett!» ordnet sie an.

«Gleich, Fräulein Sauerbruch . . . Wie lange sind Sie schon in dieser Klinik?»

«Sieben Monate.»

«Was machen Sie heute abend?»

«Dienst.»

«Schade.»

Das Mädchen lacht die Tonleiter hinauf: «Sie sollten sich nicht zuviel zumuten!»

«Nennen Sie mir eine Schwester, die schon vor sechs Jahren hier war.»

«Da gibt es viele. Wir versauern alle hier, wenn wir nicht . . .» Sie läßt den Satz in der Luft hängen.

«Es gibt außer Ärzten auch noch andere Männer», sagt Kilper.

«Ich gebe Ihnen jetzt eine Pille, und Sie hören auf, mich durcheinanderzubringen. Einverstanden?»

Kilper steht auf und macht ein paar taumelige Schritte. Vor dem Waschbecken bleibt er stehen und betrachtet sein eingefallenes, bleiches Gesicht im Spiegel. «Erklären Sie mir doch mal, warum man gleich so aussieht, als ob man jahrelang krank gewesen wäre, bloß weil man einen besseren Streifschuß erwischt hat.»

«Vielleicht ist's der Schock. Und außerdem sind Sie unrasiert. Das macht viel aus . . .» Sie sagt es ganz ernst.

Kilper befühlt sein Kinn, schneidet seinem Spiegelbild eine Grimasse und wendet sich der Schwester zu. «Sie sind hübsch», sagt er.

Sie wird ein klein wenig rot und gibt dann hochnäsig zurück: «Das hört man allgemein, aber kaufen kann ich mir davon auch nichts.»

«Möchten Sie sich denn etwas kaufen?»

«Ach, lassen Sie mich doch in Ruhe!» Sie steht auf und will zur Tür.

«Nur noch eine Frage . . . Ich muß etwas herausbekommen, was sich hier vor sechs Jahren abgespielt hat: Wer kann mir dazu etwas sagen?»

Das Mädchen hat die Klinke schon in der Hand: «Schwester Andrea.»

«Ist sie im Haus?»

«Ja. Sie hat Nachtdienst in der Chirurgischen.»

«Und wie komme ich dahin?»

«Überhaupt nicht. Sie sind Patient und haben strenge Bettruhe verordnet bekommen.»

«Ich fühle mich aber schon viel besser.»

«Na, dann . . .» Die Schwester lächelt auf einmal wieder und läßt die Klinke los. «Morgen abend hätte ich frei.»

«Wollen Sie mitkommen zu Schwester Andrea – morgen?»

«Ach Sie!» schnaubt die Adrette und rauscht endgültig hinaus.

Kilper wartet ein paar Minuten, dann holt er den Klinik-Bademantel aus dem Schrank.

Der Korridor ist menschenleer, kahl und endlos lang. Er erinnert ihn an die Kulisse aus einem Science-Fiction-Film. Kilper kommt an eine Milchglasschwingtür. Dahinter erweitert sich der Korridor zu einer kleinen Halle. Links und rechts sind Fahrstuhltüren. Er läßt sich den Aufzug kommen und steigt ein. *V.: Chirurgische Abteilung*, liest er.

Schwester Andrea mag vierzig oder sechzig sein. Sie hat ein schmales, faltendurchzogenes und altersloses Gesicht mit kalten grauen Augen. Sie sitzt sehr aufrecht an einem resopalbezogenen Tischchen und legt eine Patience. Kilper lehnt sich behutsam mit der gesunden Schulter an den Pfosten der offenen Tür und schaut ihr zu. Sie bemerkt ihn nicht.

«Gemogelt!» sagt Kilper.

Sie fährt herum: «Gar nicht wahr!»

«Nach der Sieben kommt noch allemal die Acht.»

Wütend schiebt sie die Karten zusammen. «Wer sind Sie überhaupt?»

«Ich heiße Hans Kilper, komme aus Hamburg, verlebe in Weihersbronn eine Art Urlaub, und dabei hat man mich in die Schulter geschossen.»

«Ach, Sie sind das!» Aus jedem Wort ist Geringschätzung herauszuhören.

Kilper sieht sie eine Weile an und überlegt, wie er sie wohl dazu bringen kann, mit ihm zu reden. «Sie haben einen schweren Beruf», sagt er.

«Ach, lassen Sie doch diese Tour!» Sie mischt die Karten.

«Spielen Sie gern Karten?» fragt Kilper.

«Ich vertreibe mir die Zeit damit.»

«Ich auch», lügt Kilper. «Spielen Sie Canasta?»

Sie bekommt schmale Augen; dann nickt sie und beginnt wortlos auszuteilen.

«Wissen Sie, was mich wundert?» fragt er, erkennt, daß sie es offenbar nicht wissen will und fährt trotzdem fort: «Mich wundert, daß Sie mich nicht einfach wieder ins Bett schicken.»

«Nehmen Sie Ihre Karten auf und halten Sie den Schnabel.»

Er setzt sich ihr gegenüber und nimmt die Karten auf. «Mit dem Blatt kann man gar nichts anfangen», raunzt er.

Sie lächelt zum ersten Mal, sagt aber nichts. Sie spielen. Er verliert, gibt. Sie spielen weiter. Er verliert wieder. Sie spielen wortlos, bis Schwester Andrea sechs Canastas liegen hat und Schluß macht. Kilper hat noch nicht einmal eröffnen können.

«Revanche», sagt er.

«Nein.»

«Wenn wir um Geld gespielt hätten, wäre ich ziemlich übel dran.»

«Wir haben um Geld gespielt», sagt sie; dann lacht sie in sein perplexes Gesicht.

Kilper versucht es mit einem Frontalangriff: «Warum mußte Doktor Steinbach hier verschwinden?»

Augenblicklich gefriert ihr Gesicht. «Deshalb also!»

«Ja, deshalb.»

«Glauben Sie wirklich, daß ich Ihnen darauf eine Antwort gebe?»

Kilper erhebt sich mühsam. «Ehrlich gesagt, das glaube ich nicht.» Resigniert bewegt er sich zur Tür.

«Ärzte, die sich so benehmen, sollten noch ganz anders dran sein», sagt sie zu seinem Rücken.

Kilper bleibt stehen. Er dreht sich nicht zu ihr um. «Nur weil er Frau Pichowiak geliebt hat?»

«Pah!» Sie lacht.

Das Lachen ist leise, aber es geht ihm durch Mark und Bein. «Zweifeln Sie daran?»

«Liebe ... Was ist denn das? Auf jeden Fall war das damals keine Liebe. Die Frau gehörte in eine Entziehungskur und nicht hierher. Und dann noch ein Arzt, der ...» Sie bricht ab.

Kilper wendet sich langsam um. Schwester Andrea sitzt kerzengerade am Tisch und starrt auf die Wand.

«Haben Sie ihn mehr geliebt?» fragt Kilper, einer Eingebung folgend.

Sie wendet den Kopf, sieht ihn an. Ihr Blick hat sich verändert. Sie versucht noch einmal zu lachen, aber es wird nur ein halbersticktes Glucksen daraus. «Sie müssen verrückt sein», sagt sie. «Ich könnte seine Mutter sein ... Na, beinahe.»

«Das wäre noch lange kein Grund, ihn nicht zu lieben.»

«Sind Sie hierhergekommen, um mich zu quälen?»

«Nein, ganz bestimmt nicht. Aber ich bin eigentlich auch nicht gekommen, um Canasta zu spielen. Ich suche einfach ein paar Informationen. Im Kernkraftwerk ist ein Mann umgebracht worden, und ich wurde fast erschossen. Auf eine seltsame Weise könnte beides etwas mit Doktor Steinbach zu tun haben ... Vielleicht auch nicht – ich weiß es einfach nicht. Aber ich will es verdammt noch mal rauskriegen. Und deshalb muß ich wissen, warum Steinbach hier geflogen ist.»

Schwester Andrea starrt auf ihre gestärkte weiße Schürze hinab. Sie sagt nichts mehr. An der Wand leuchtet eine rote Lampe auf; gleichzeitig ertönt ein Klingelzeichen. Schwester Andrea erhebt sich, wie von einem Federwerk angetrieben. Sie nimmt eine kleine Tasche, legt einen Hebel um. Das Klingeln verstummt, die Lampe erlischt. Sie geht an Kilper vorbei, dann verhält sie noch einmal und sagt fast flüsternd:

«Er war ihr hörig, und sie war süchtig. Er hat ihr das Zeug gegeben. Immer wieder.» Dann geht sie sehr aufrecht den Korridor entlang.

Kilper folgt ihr, aber der Abstand zwischen ihr und ihm wird immer größer.

«Ist sie an einer Überdosis gestorben?»

Schwester Andrea wendet sich noch einmal kurz um. Ihr Gesicht ist bleich; ihre Augen haben sich erneut verändert. Sie starrt ihn an, als nehme sie etwas Schreckliches wahr. Dann hastet sie weiter und verschwindet in einem Krankenzimmer.

Doktor Steinbach hat die Scherben gleich zusammengekehrt; nachdem er eine ganze Weile am Fenster gestanden und in die Nacht gestarrt hat, versucht er jetzt, mit einem Lappen die Feuchtigkeit auf dem Boden aufzutrocknen. Leise öffnet sich die Tür, ein junger Mann und ein Mädchen kommen herein und setzen sich wortlos auf die Liege, auf der Kilper vorhin gelegen hat. Steinbach arbeitet weiter. Nach einer Weile sagt der junge Mann:

«Das wäre eine gute Gelegenheit gewesen.»

Steinbach, noch immer in der Hocke, blickt auf. «Haben Sie gedacht, ich bringe ihn um?»

Das Mädchen lacht glucksend. «Na, der Kilper hat es selber ja auch gedacht, oder?»

Steinbach richtet sich mühsam auf. «Ich brächte so etwas nie fertig.»

Der junge Mann grinst schief. «Sie glauben gar nicht, was man aus Selbsterhaltungstrieb alles fertigbringt.»

Steinbach schaut die beiden jungen Menschen irritiert an. Sie trägt enge Jeans, die bis zu den Waden hochgerollt sind, Stiefel, die ebenfalls hauteng anliegen, darüber eine Bluse, die von ihren prallen Brüsten gespannt wird. Einen BH trägt sie nicht. Das sommersprossige Gesicht wirkt auf den ersten Blick freundlich. Wenn sie lacht, sieht sie fast hübsch aus . . . Jetzt lacht sie nicht. Steinbachs Augen wandern hinüber zu Joe. Er ist mindestens einsfünfundachtzig groß und hat die Figur eines Zehnkämpfers. Ein schwarzer Kinnbart zieht das ohnehin hagere Gesicht noch weiter in die Länge. Hinter dunkel getönten Brillengläsern stahlblaue Augen. Auch Joe sieht nett aus, wenn er lacht.

Als die beiden bei Steinbach ankamen, hatte er sich sogar gefreut. Kathrin hatte er zuletzt vor zehn Jahren bei einem Familienfest gesehen, damals ein elfjähriges Mädchen, damals schon sommersprossig und immer gut gelaunt. Sie war die Tochter eines Vetters, von dem er nur gelegentlich hörte, wenn er zu einem seiner sporadischen Besuche bei seiner Mutter im Altenpflegeheim war. Kathrin, so hatte ihm seine Mutter erzählt, war an ihrem achtzehnten Geburtstag von zu Hause weggelaufen, um in eine Kommune zu ziehen . . . Philipp Steinbach hatte das alles nicht sonderlich interessiert – bis das sommersprossige Mädchen vor acht Tagen plötzlich mit einem strahlend hingelächelten «Hey, Onkel!» unter der Tür gestanden hatte . . .

Der Doktor steht ganz still, mit hängenden Armen, den Lappen noch in der Hand. «Wer von euch beiden war es? Wer hat geschossen?»

Joe läßt sich lässig von der Liege rutschen und geht zum Fenster.

«Paß auf, daß dich keiner sieht!» zischt Kathrin.

«Ist es denn wichtig, wer es war?» fragt Joe, ohne sich um Kathrin zu kümmern.

Steinbach hebt hilflos die Schultern. «Es ist ein Teufelskreis», murmelt er, «und ihr wollt mich immer weiter hineinziehen.»

«Das siehst du nicht richtig . . .» Kathrin geht zu ihrem Onkel hinüber und legt ihm für Sekunden einen Arm um die Schultern. «Wir können es uns nur nicht leisten, Fehler zu machen.»

«Aber das war doch ein Riesenfehler!» fährt Steinbach auf.

Joe dreht sich um und lächelt den Arzt an: «Wollen wir jetzt anfangen, Fehler aufzurechnen?»

«Ich will wissen, warum ihr auf ihn geschossen habt!»

«Wer sagt denn, daß wir auf ihn geschossen haben?» Joe zündet sich eine Zigarette an.

«Wer soll es denn sonst gewesen sein?»

«Mann, Mann!» seufzt Joe, «am Anfang warste noch so kämpferisch . . . Jetzt ist wohl die Luft raus.»

«Am Anfang hat alles ganz anders ausgesehen . . .» Steinbach läßt sich in den Schreibtischsessel fallen.

Am Anfang hatte er einfach nicht erkannt, was da auf ihn zukam – wie auch? Die beiden jungen Leute – ein wenig abgerissen, schön, aber zuvorkommend und nett – hatten ihn gebeten, ein paar Tage bleiben zu dürfen. «Klar», hatte er gesagt, «wir haben Platz genug, ihr könnt euch bei mir mal richtig rausfuttern, ich sage gleich Frau Auersbach Bescheid.» – «Wer ist Frau Auersbach?» hatte Joe schnell gefragt . . . Spätestens als Kathrin ihm ausredete, die Haushälterin zu verständigen, hätte er aufmerksam werden müssen. Aber die Erklärung hatte so plausibel geklungen: «Wir waren in einer Berliner Wohngemeinschaft mit ein paar Anarchisten zusammen», hatte Kathrin erzählt, «nichts Schlimmes – wir waren an keinem Terrorakt oder sowas beteiligt. Aber wir haben doch die Fliege gemacht, als die Bullen, ich meine die Polizei . . . Also weißte, da war 'ne Hausdurchsuchung und sowas. Und gerade weil wir mit den Sachen nichts zu tun hatten, wollten wir auch nicht hineingezogen werden . . . Ich muß zugeben, wir haben da auch gehascht und so, aber sonst war nix – also, du mußt uns das glauben! Wir sind einfach verschwunden, weil die Polizei sonst viel mehr daraus gemacht hätte, als war. Jetzt suchen sie uns vielleicht, und die anderen vielleicht auch, ich meine die von der Gruppe . . . Wir wollen einfach nicht auf der Bildfläche erscheinen, bis Gras drüber gewachsen ist . . .» Irgendwie hatte es Steinbach gefallen, daß sich die entfernte Nichte ihm so anvertraute. Er hatte sie angeschaut, sie hatte ihn angelächelt, sie hatte fast hübsch ausgesehen, und im gleichen Moment war ihm klar geworden, daß dieses Mädchen tatsächlich kein wirklich krummes Ding gedreht haben *konnte.*

Steinbach lacht bitter auf.

«Was hast du denn?» fragt Katrin.

«Nichts. Ich mußte nur daran denken, wieviel einfacher es für mich gewesen wäre, euch gleich wieder rauszuschmeißen.»

«Ja, wenn du das gekonnt hättest», sagt Joe. «Aber schließlich kannten wir doch deine Story, und . . .»

«. . . und ihr hattet von Anfang an vor, mich zu erpressen.»

«Quatsch.» Joe drückt die Zigarette auf der Schreibtischplatte aus und macht es sich wieder auf der Liege bequem. «Die Geschichte hat doch erst den richtigen Drive gekriegt, als Erwin mit dem Atommüll-Plan rauskam . . . Wir wären nach acht Tagen weitergezogen, Onkelchen; Du hättest uns noch ein paar Mäuse mit auf den Weg gegeben . . . Höchstens wenn du das Geld nicht rausgerückt hättest – dann erst wären wir vielleicht mit der alten Geschichte gekommen. Aber die Lage hatte sich eben mit einem Mal verändert.»

Ja, die Lage hatte sich verändert. Sie hatten ganz gemütlich bei einem Glas Wein gesessen; Erwin hatte vom Werk erzählt, er selbst von den Anstrengungen seiner Bürgerinitiative ‹Contra-KKW›. «Die sind von ihren Erweiterungsplänen nicht mehr abzubringen», hatte er gesagt; «da müßte schon etwas ganz Spektakuläres passieren – etwas, das die Leute aufrüttelt . . .» Erwin, der den ganzen Abend über schon seltsam schweigsam gewesen war, hatte plötzlich gesagt: «Ich wüßte was . . .» Und dann war er damit herausgekommen; es hatte sich alles ganz einfach angehört: «In Karlsruhe haben sie doch atomar verseuchten Müll gefunden», hatte Erwin gesagt. «Wenn man nun hier auch so etwas finden würde?» Steinbach war sofort wie elektrisiert. Den beiden anderen dagegen war die Bedeutung dieses Ausspruchs zunächst gar nicht aufgegangen. «Du meinst . . .?» Steinbach hatte seinen Pflegesohn ungläubig angestarrt. «Wäre kein Problem. Ich wüßte schon, wie man so etwas macht. Ich bring ein paar Ionenaustauscher raus; wir vergraben sie auf der Müllhalde, und dann werden sie eben gefunden.» – «Wie werden sie gefunden? Meinst du, wir sollen eine Untersuchung beantragen – ohne Hinweis, ohne Verdacht?» – «Wie war's denn in Karlsruhe?» hatte Joe, nun ein wenig interessierter gefragt. «Das waren Leute vom Bundesverband der Bürgerinitiativen», hatte Erwin erzählt. «Man könnte denen ja einen Tip geben.»

Als am gleichen Abend der Hamburger Journalist Hans Kilper bei Steinbach anrief und von seinem Plan erzählte, alle Müllkippen in der Nähe von Atomkraftwerken zu untersuchen, war ihm das wie ein Wink des Schicksals erschienen.

«Haste denn vergessen», sagt Joe, «daß du es warst, der zu Luzi . . . Ich meine, der zu Erwin sagte, die Sache sei es wert, wir müßten das Risiko eingehen?»

«Ja, freilich war ich es. Aber ich habe nur von einem Päckchen gesprochen, und nur um der guten Sache Willen wollte ich es machen.»

«Na, ist doch 'ne gute Sache – soviel Geld!» lacht Joe.

8

Bienzle sitzt in einer Ecke der Gaststube des Goldenen Adler und macht sich Notizen. Vor ihm steht ein samtroter Wein – derselbe, den er mit der Witwe Kanzleiter getrunken hat. Genüßlich nippt er ab und zu an seinem Glas.

Duschanka bringt das Mittagessen – Sauerbraten mit viel Soße und Spätzle. Bienzle läßt einen tiefen Seufzer des Wohlbehagens vernehmen. Seine immerwährende Schlankheitskur hat er wieder einmal um acht Tage verschoben. Doch beim ersten Bissen schon wird er von der Bedienung gestört.

«Telefon für Ihnen», sagt Duschanka.

«Telefon für *Sie* heißt das», belehrt sie Bienzle.

«Also dann, Telefon für Sie», sagt Duschanka.

Bienzle meldet sich in der engen Zelle, die vom Korridor des Goldenen Adler abgeteilt ist.

«Hier Bindernagel . . . Wir haben wieder Post bekommen», tönt es aus dem Hörer.

«Ich bin in zehn Minuten da!»

Bienzle wirft noch einen sehnsüchtigen Blick auf seinen Sauerbraten und verläßt die Wirtschaft.

«Der Wisch muß von einem Boten gebracht worden sein; er steckte in unserem Hausbriefkasten», sagt Bindernagel, als der Kommissar das Ersatzbüro des Direktors betritt.

«Zeigen Sie mal!»

Auf dem Tisch liegt wieder ein Blatt des Weihersbronner Tagesanzeigers mit aufgeklebten Lettern, die offensichtlich alle aus der BILD-Zeitung herausgeschnitten sind. Wieder sind die Buchstaben mit großer Akkuratesse aufgeklebt. Bienzle starrt auf das Papier.

EIN PÄCKCHEN GENÜGT UM DAS GRUNDWASSER ZU VERSEUCHEN
WIR HABEN SECHS
FORDERUNG FOLGT
NIEDER MIT

«Da sind ihnen wohl die Buchstaben ausgegangen», murmelt Bienzle.

Bindernagel sieht ihn an: «Was glauben Sie, wie ernst sind diese Burschen zu nehmen?»

«Bis zum Beweis des Gegenteils – absolut ernst.»

«Übrigens, Ihre Kollegen aus Stuttgart sind eingetroffen; sie arbeiten in meinem Büro.»

«Das war aber auch Zeit!» schimpft Bienzle und geht in Bindernagels Chefzimmer. Ein Erkennungsexperte, den Bienzle nur flüchtig kennt, sitzt am Schreibtisch und pinselt gerade die erste Nachricht des Roten Bataillons mit einem Pulver ein. Kriminalassistent Haußmann blickt aus dem Fenster. Als der Kommissar eintritt, dreht sich Haußmann um und macht Meldung:

«Herr Heinzelmann und ich sind vor vierzig Minuten eingetroffen.»

«Schneller ging's wohl nicht», mault Bienzle.

Haußmann übersieht die schlechte Laune seines Chefs. «Ich habe mir eine Theorie zurechtgelegt», sagt er eifrig.

«Ach du liabs Hergöttle – der Kerle ischt vierzig Minuta da ond hat scho a Theorie . . . Schaffet Se z'erscht amol ebbes, no kennet se mit Ihrer Theorie komma!»

«Jawohl, Herr Kommissar!» sagt der junge Norddeutsche zackig.

«Nichts für ungut», sagt der Kommissar versöhnlich; «ich habe gleich ein Aufgäble für Sie: Hier gibts einen Arzt, Dr. Philipp Steinbach. Er hat eine Art Pflegesohn, einen vielleicht siebzehnjährigen Jungen. Er gehört zu unseren Verdächtigen. Ein Kerl der lange nur rumgeschubst worden ist und es möglicherweise Gott und der Welt mal zeigen will, was für ein Prachtexemplar er in Wirklichkeit ist . . . Versuchen Sie mal, ob Sie an ihn rankommen. Er heißt Erwin Pichowiak und wird Luzifer genannt, weil er hinkt. Den Schimpfnamen sollten Sie aber am besten gleich wieder vergessen.»

«Alles klar», sagt Haußmann.

«Na hoffentlich», brummt Bienzle. «Der Luzifer ist übrigens Lehrling hier im Werk und gilt als technisches Wunderkind oder sowas Ähnliches.»

«Gibt es schon ein schriftliches Protokoll von den bisherigen Ermittlungen?» will Haußmann wissen.

«Mensch, hau bloß ab! Hast du mich schon mal ein Protokoll tippen sehen vor Abschluß einer Untersuchung?»

Haußmann trollt sich und stößt an der Tür um ein Haar mit Anne Muthesius zusammen. «Oh», sagt er und bleibt der stehen, sichtlich angetan von der plötzlichen Erscheinung.

«Haußmann!» brüllt Bienzle.

«Ich geh ja schon», murrt der Assistent und schwört sich wieder einmal, daß er begabte Nachwuchskräfte einmal ganz anders behandeln wird, wenn er erst Kommissar ist.

Bienzle macht eine Art Kratzfuß und sagt: «Ich grüße Sie! Ihr Artikel war sehr abgewogen – nicht zu viel und nicht zu wenig. Ich hatte schon Angst, Sie würden alles mögliche ausplaudern.»

«Man hat doch das übergeordnete Sicherheitsinteresse im Kopf!» sagt die Journalistin.

Bienzle glaubt Ironie herauszuhören, ist sich nicht sicher und knurrt: «Ich möchte bestreiten, daß Ihr liebenswerter Kollege aus Hamburg . . .»

Bindernagel betritt den Raum und begrüßt Anne Muthesius.

«Ach, Herr Bindernagel, ich habe eine Frage», sagt sie. «Sie kennen doch sicher die Vorgänge um Doktor Steinbach – wissen Sie damals, als er noch Oberarzt . . .»

Bindernagel unterbricht steif: «Bedaure, Fräulein Muthesius, aber daran kann ich mich nicht erinnern.»

Anne sieht ihn zweifelnd an. «Wissen Sie, unser Blatt hat damals . . .»

«Jetzt kann i gar nemme!» schnaubt Bienzle, «da hat wohl etwas genau in einer der Zeitungen gestanden, aus denen die Seiten fehlen – stimmt's?»

Anne Muthesius nickt zerknirscht.

«Und stimmt es dann auch, daß die herausgerissenen Blätter mittlerweile Teil der Recherchenunterlagen des Herrn Kilper sind?»

Wieder nickt die Journalistin.

«Das ist . . . Also . . . Also, do kenntescht doch uf dr Sau naus ond uf de Würscht wieder hoim! Ja, was glaubt der eigentlich, der hergelaufene Scheraschleifer? Der soll mr bloß onder d'Auge komma.»

«Meinen Sie mich?» tönt es von der Tür her. Bleich und ein wenig zittrig steht er da, den rechten Arm in der Schlinge und in der linken Zeitungspapier. «Ich wollte Ihnen dies hier bringen – hab ich gestern gefunden; es müßte Sie auch interessieren . . .»

«I glaub, i schpinn!» sagt Bienzle völlig perplex. «Ja denket Sia denn, Sia könntet mir uf em Zinka . . . I moin, Sie könnten mir auf der Nase herumtanzen? Beweismittel zu klauen und zurückzuhalten, das ist auch ein Straftatbestand!»

«Sie sind wohl auch ganz schön sauer, wenn nicht alles nach Ihrem schwäbischen Dickschädel geht», sagt Kilper pikiert.

«Was heißt hier schwäbischer Dickschädel – das ist ein beamteter Kopf!» brüllt Bienzle.

Anne Muthesius und Bindernagel lachen gleichzeitig los, dann kichert der vom Erkennungsdienst, und über Kilpers Gesicht geht ein breites Grinsen. Bienzle schaut von einem zum andern. Dann sagt er:

«Stimmt, des war a dackelhafter Ausschpruch!»

«Friede?» fragt Kilper.

«Von wegen!» Bienzle reißt ihm die Zeitungsausschnitte aus der Hand und marschiert hinaus. An der Tür dreht er sich noch einmal um: «Lieber schaff ich drei Tag länger, als mit Ihnen zusammenzuarbeiten.»

«Und wie wollen Sie dann den Mordversuch an mir aufklären?»

«Mordversuch? Was für ein Mordversuch?» sagt Bienzle kalt und stampft endgültig aus dem Zimmer.

Den Nachmittag verbringt Bienzle in seinem engen Hotelzimmer. Er liegt auf seinem Bett und starrt an die Decke. Eigentlich sollte er jetzt nacheinander die Mitarbeiter des Kernkraftwerks verhören, aber dazu hat er erstens keine Lust, und zweitens verspricht er sich nichts davon.

Wieder und wieder überdenkt er die Fakten, die ihm bisher bekannt geworden sind. Steinbach hat irgendwann einmal einige schwere Fehler gemacht («aber von wem kann man das nicht sagen?»), andererseits ist er als Arzt beliebt und an Luzifer hat er sogar eine wahrhaft gute Tat begangen («von wem kann man so etwas schon behaupten?»). Luzifer ist angeknackst, will es den anderen zeigen, irgend etwas Großes, Aufsehenerregendes vollbringen («aus der Kriminalliteratur weiß man, daß Menschen in solchen Fällen zu spektakulären kriminellen Taten neigen»). Wenn aber Luzifer hinter der ganzen Aufregung steckt, was weiß dann Steinbach davon? Und warum deckt er ihn? («Zuneigung, Hoffnung auf eigene Rache?»). Oder stecken sie gar gemeinsam dahinter? Wird Steinbach erpreßt, oder werden gar beide erpreßt, oder hält nur der Junge zum Alten («jetzt muß ich erst einmal mit Steinbach reden!»).

Bienzle steht ächzend auf und zieht seine Jacke an. Im Treppenhaus begegnet er Kilper und geht grußlos an ihm vorbei.

Der Journalist bleibt stehen, dann gibt er sich einen Ruck: «Herr Bienzle . . .»

Der Kommissar gibt einen undefinierbaren Laut von sich, ohne sich umzusehen.

Kilper geht ihm die paar Schritte nach und lehnt sich gegen die enge Wand des Hotelkorridors. «Es tut mir leid», sagt er.

«Unsinn!» grunzt Bienzle ärgerlich und will weitergehen.

Kilper sagt: «Ich gebe zu Protokoll: Im Oktober 1971 hatte Steinbach im Kreiskrankenhaus eine Patientin, in die er sich verliebte. Sie war rauschgiftsüchtig – vermutlich. Er konnte ihren Bitten nicht widerstehen und hat sie wohl weiterversorgt, sicher in der Absicht, sie zu kurieren, sobald es ihr besser ginge. Aber dann starb sie. An einer Überdosis vielleicht. Doch wenn es so war, muß die Überdosis nicht von ihm gekommen sein – denke ich. Trotzdem fühlt er sich schuldig. Und deshalb hat er den Jungen zu sich genommen . . . Das war's!»

Bienzle sieht dem Journalisten blinzelnd in die Augen. «Erwarten Sie jetzt, daß ich mich bedanke?»

Kilper hebt die Schultern.

«Und wenn es stimmt, was Sie annehmen . . .» Das Wort *annehmen* spricht er aus, als ob es ein Verbrechen sei, etwas *anzunehmen*:

«. . . dann habe ich womöglich noch einen Mordfall am Hals.»

Wieder zuckt Kilper die Achseln.

«Und dafür soll ich mich nun womöglich bedanken?»

«Ich hab's Ihnen wenigstens gesagt.»

Bienzle geht wortlos auf die Treppe zu. Kilper schaut ihm nach. Plötzlich wendet sich der Kommissar noch einmal um, sieht zu dem Journalisten zurück und stößt ein kurzes «Danke» hervor. Dann verläßt er sehr nachdenklich den Goldenen Adler.

In der Herrengasse kommt ihm ein Zug Menschen entgegen, es mögen vierzig oder fünfzig sein, sie tragen Transparente: DAS KKW SICHERT UNSERE ZUKUNFT und MANCHE, DIE BLÖD SCHWÄTZE, HABET DORT DIE ARBEITSPLÄTZE und OHNE ENERGIE – KEINE INDUSTRIE.

Auf den Gehsteigen bilden sich Gruppen; Wortfetzen, Beschimpfungen fliegen hin und her: «Kapitalistenschweine» – «Arschkriecher» – «Umweltmörder». Dann zerplatzt eine Milchtüte mitten zwischen den Demonstranten. Drei Männer lösen sich aus dem Zug, rennen auf einen Passanten zu und schlagen auf ihn ein.

Bienzle bleibt in gebührendem Abstand stehen. Das Martinshorn eines Polizeiautos ist zu hören. Jetzt schlagen sich schon mindestens fünfzehn Mann. Der Zug wird von wütenden Passanten gesprengt, bald sind die einzelnen Handgemenge nicht mehr voneinander zu unterscheiden. Frauen rennen kreischend über das Pflaster. Kinder weinen. Jetzt tauchen Uniformen auf, Bienzle sieht auf einmal Schlagstöcke über die Köpfe tanzen. Nur fünf Meter von ihm hat ein junger Polizeibeamter ein vielleicht achtzehnjähriges Mädchen am Kleid gepackt und zerrt es über die Straße, er holt mit dem Knüppel aus . . . Bienzle tritt dazwischen.

«Mann, sind Sie wahnsinnig geworden?» fährt er den jungen Beamten an.

«Die hat mich in die Eier getreten!» faucht der Polizist.

«Lassen Sie sofort das Mädchen los!» brüllt Bienzle und packt den Beamten am Revers.

Der läßt tatsächlich los und schlägt Bienzle den Knüppel über den Kopf. Ein zweiter Beamter kommt hinzu und dreht dem Kommissar den rechten Arm auf den Rücken. Noch einmal spürt Bienzle einen Schlag mit dem Knüppel, der sein Ohr streift und ihn schmerzhaft auf der Schulter trifft. Eine Minute später wird er in eine Grüne Minna geschoben. Auf einer Holzbank im Kasten des Polizeitransporters sitzen schon fünf junge Männer. Einer kichert vor sich hin, die anderen sitzen apathisch da. Kurz darauf kommt ein Beamter mit gezogener Pistole herein.

«Dann wollen wir uns die Radaubrüder mal ansehen», sagt er zu einem Kollegen, der vor der Tür die Wache übernimmt.

Sorgfältig nimmt der Polizist alle Daten in sein Buch. «Aha», sagt er zum ersten, «Wohnort Frankfurt, das kennen wir. Berufsdemonstrant, was?»

«Jawohl, Herr Berufsbulle», sagt der Jüngling, dessen Gesicht von Pickeln strotzt.

«Können Sie mich vielleicht als nächsten drannehmen», sagt Bienzle, «ich hätte noch was zu erledigen.»

«Hier geht es der Reihe nach!» fährt ihn der Polizist an.

«Ich dachte nur», sagt Bienzle.

Schließlich steht der Polizist vor ihm. «Ausweis!» befiehlt er.

Bienzle zeigt ihm die Dienstkarte.

«Moment», sagt der Beamte verblüfft. «Wo haben Sie das her?»

«Von meiner Dienststelle natürlich, vom Landeskriminalamt in Stuttgart.»

Dem Polizisten steigt die Röte ins Gesicht; noch ist nicht zu erkennen, ob er sich verschaukelt fühlt, oder ob es die reine Verlegenheit ist.

«Der Ausweis ist echt, und hier ist mein Paß», sagt Bienzle ruhig.

«Das ist ... Das ist aber mal ...» stottert der Polizist.

«Das ist eine Riesensauerei!» brüllt Bienzle unvermittelt los. «Erst kommt dieser Haufen uniformierter Dilettanten zehn Minuten zu spät, dann prügeln die Beamten auf schutzlosen Mädchen herum, als ob sie Sadismus studiert hätten, und dann hauen sie einem Kollegen ein Ding über den Schädel und nehmen ihn fest, nur weil der Schlimmeres verhüten will ... Wo hat man bloß euch Versager geschult?»

Dem Polizisten hat es die Sprache verschlagen. Einer der beiden Festgenommenen, die außer Bienzle noch im Wagen sitzen, lacht schallend los und sagt, als er sich endlich beruhigen kann:

«Wenn das keine Meldung für die Presse ist!»

Da fährt Bienzle zu ihm herum, greift ihn am Revers, zieht ihn hoch, funkelt ihn an und zischt: «Wenn du davon ein Wort sagst, Bürschchen, breche ich dir persönlich die Knochen im Leib, darauf kannscht du dich verlasse wi uf's Amen en dr Kirch!»

Der andere sagt schlicht: «Ein Bulle ist wie der andere.»

Plötzlich läßt Bienzle den jungen Mann los. Ihm wird klar, daß der Junge in diesem Fall gar nicht einmal unrecht hat.

«Tut mir leid», sagt er zu dem Beamten, «jeder hat das Recht auf Irrtum.» Und, nach einer kurzen Pause: «Ausgenommen wir Polizisten; der Einsatz war wirklich so was von beschissen ...» Dann stolpert er aus dem Wagen.

Zu allem Überfluß sieht er auf der gegenüberliegenden Straßenseite Anne Muthesius stehen. Sie kommt winkend auf ihn zu.

«Ich habe gesehen, wie der Beamte Sie abgeschleppt hat ... Wurden Sie richtig festgenommen?»

Bienzle schaut sie böse an, will etwas sagen, überlegt es sich anders, winkt ab und marschiert griesgrämig die Gasse hinauf, die jetzt menschenleer ist. Hier und dort ist ein Pflasterstein herausgerissen; bei

Anton Weingärtner & Sohn bemüht sich ein junger Mann – Sohn vermutlich – mit Tesafilm um die gesprungene Schaufensterscheibe, und zerplatzte Farbbeutel, Einkaufstüteninhalt, mehrere Hüte, ein Schal, ein zerbrochener Schlagstock und drei Schuhe liegen auf dem Schlachtfeld herum. Mitten in einer Lache von rohem Eigelb findet Bienzle eine halbe Zahnprothese; er hebt sie mit spitzen Fingern auf und legt sie auf das nächste Fensterbrett.

«Was für ein Schwachsinn!» murmelt er und betastet seinen schmerzenden Schädel.

Zehn Minuten später klopft es an Kilpers Hotelzimmertür. Er liegt auf dem Bett und schmökert in seinen Notizen. «Herein . . .»

«Darf ich?» fragt Anne Muthesius.

«Für solche Fälle habe ich ein Gedicht von Jürgen-Peter Stössel im Kopf», grinst Kilper.

Leise schließt Anne die Tür. «Und wie geht das?»

Er rezitiert:

«Komm leg dich zu mir,
du kommst mir gelegen.
Wenn wir uns zusammenlegen,
haben wir mehr voneinander.
Wir machen der Liebe Platz.»

«Hübsch», sagt sie und bleibt mitten im Zimmer stehen.

«Das ist so eine Art Gebrauchsanweisung», murmelt Kilper und rückt zur Seite.

Sie bleibt, wo sie ist. «Alles zu seiner Zeit . . . Ich komme direkt aus einer Demonstration pro Kernkraftwerk. Ein paar Polizisten haben Bienzle verhaftet.»

Er fährt hoch, sagt «Au!» und verzieht das Gesicht. Dann: «Ist das dein Ernst?»

«Es stimmt wirklich. Sie haben ihm den Arm auf den Rücken gedreht und dann in eine grüne Minna gezerrt.»

«Und warum?»

«Wenn ich's recht gesehen habe, hat er versucht, ein Mädchen vor Polizeiprügeln zu retten.»

«Der Ritter mit dem eisernen Fäustle», lacht Kilper.

«Sag mal», fragt Anne, «ob ich das schreiben sollte?»

«Ob du . . . Na! Das ist doch gar keine Frage! Daraus machst du eine süffige Lokalspitze.»

«Ich weiß nicht . . .»

«Hör mal, irgendwann wirst du einsehen müssen, daß Journalismus nicht im Weglassen besteht. Dein Artikel ist zwar prima geschrieben, aber du hast vor lauter Verantwortungsbewußtsein nicht einmal über den ersten anonymen Brief berichtet . . . So etwas ist eine Sünde wider den Journalismus.»

«Ich nenne es verantwortliche Berichterstattung.»

«Sobald es ein anderer schreibt, wirst du dich in deinen hübschen Hintern beißen, weil es dann doch jeder weiß und man dir den Vorwurf macht, geschlafen zu haben. Und wenn es kein anderer schreibt, was ich hoffe, kannst du es mit Sicherheit am Montag bei mir lesen.»

«Was bist du nur für ein Mensch!»

«Nicht wir machen die Nachrichten, wir reportieren sie nur.»

Irritiert wendet sich Anne zur Tür.

«Willst du denn schon wieder weg?» fragt er.

«Tja, ich muß. Und ich will auch.»

«Ohne Kuß?»

An der Tür dreht sie sich um. «Mir ist auch gerade ein hübsches Gedicht eingefallen; es heißt ‹Liebe› und ist von Joachim Fuhrmann:

Ich werde
mich wieder in
den guten William
verlieben
er ist der
einzige, der nicht
vergißt
mir After Eight
mitzubringen.»

Und schon ist sie draußen.

Kilper starrt auf die Tür, lacht leise und sagt zu sich selbst: «Verdammt – ich glaube, ich habe mich in sie verliebt.»

Bienzles Zorn ist noch nicht abgeflaut, als er zu Doktor Steinbach kommt. «Es tut mir leid, ich muß Ihnen ein paar Fragen stellen.»

«Ich kann mir zwar nicht erklären, warum gerade mir, aber bitte, wenn Sie meinen», sagt Steinbach.

Er wirkt übermüdet und nervös. Ohne abzusetzen spielt er mit seinem Stethoskop. Bienzle sucht nach einem vernünftigen Anfang. «Darf ich bei Ihnen rauchen?» fragt er, um Zeit zu gewinnen.

«Bitte. Dort steht ein Aschbecher. Ich selbst rauche nicht.»

«Wenn es nicht so fürchterlich abgegriffen wäre, würde ich Sie jetzt fragen, wo die Zigarettenstummel herkommen, die hier drin liegen . . . Dürfen die Patienten bei Ihnen rauchen?»

«Natürlich nicht», sagt der Arzt gereizt. «Ich hatte gestern abend Besuch von zwei Freunden; wir haben noch hier gesessen, und meine Haushälterin ist zur Zeit nicht da, so bleibt halt manchmal etwas hier liegen.»

«Putzt denn Ihre Haushälterin die Praxis?»

«Nein, dafür habe ich eine Putzfrau.»

«Aha», sagt Bienzle.

«Aber meine Haushälterin überwacht das alles hier», fügt Steinbach schnell hinzu.

«Und zur Zeit überwacht sie es nicht.» Bienzle nickt.

«Ich habe Ihnen ja erklärt, daß sie derzeit nicht kommt.»

«Ist sie krank?»

«Was soll das denn? Wollen Sie mich über meine Haushälterin ausfragen?»

«Warum nicht?» Bienzle hat erkannt, daß dieses scheinbar harmlose Thema dem Doktor zu schaffen macht. «Wie heißt denn die Dame?»

«Ich wüßte nicht, warum Sie das wissen sollten.»

«Ich eigentlich auch nicht . . . Oder doch: Besteht da nicht eine gewisse Verbindung zu Herrn Kanzleiter? Ich meine, bestand da eine?»

«Hören Sie», sagt Steinbach sichtbar ungeduldig, «es wird ja wohl kaum Ihre Aufgabe sein, schmutzige Wäsche zu waschen; aber wenn Sie es schon tun, dann sollten Ihre Informationen nicht so lückenhaft sein: Herr Kanzleiter hatte gewisse Beziehungen zu meiner Sprechstundenhilfe. Meine Haushälterin ist 64 Jahre alt.»

Bienzle bleibt völlig unbeeindruckt. «Das ist natürlich was anderes. Wissen Sie, was mich besonders interessiert?»

Der Arzt schaut ihn böse an.

«Mich interessiert, was Sie so schrecklich nervös macht.»

«Ich bin nicht nervös, und wenn ich es bin, dann nur durch Ihre, entschuldigen Sie schon, dämliche Fragerei.»

«Man hat Sie mir als besonders liebenswerten und zuvorkommenden Mann geschildert.»

«So, hat man?»

«Ja, man hat. Und als einen Mann, der möglicherweise durch eine Unvorsichtigkeit während seiner Klinikzeit aus der Bahn geworfen wurde . . .»

Der Arzt ist aufgesprungen; der Stuhl kippt nach hinten. Mit einem Ruck reißt sich Steinbach das Stethoskop vom Hals und schmeißt es mit solcher Heftigkeit auf die Schreibtischplatte, daß es wieder hochspringt und zu Boden fällt. «Sind Sie vielleicht gekommen, um mir diese alten Ungeheuerlichkeiten vorzuwerfen? Hinaus! Hinaus – oder es passiert ein Unglück!»

Bienzle erhebt sich langsam und schaut dem Arzt interessiert ins Gesicht. Dann geht er zur Tür. Ohne sich umzusehen sagt er: «Doktor, wenn Sie Probleme haben, sollten Sie mir Bescheid sagen, ehe es zu spät ist. Mich interessieren die alten Geschichten nicht . . . Es sei denn, man kann Sie damit erpressen.» Beim letzten Wort hat er die Tür passiert.

Langsam steigt er die Treppe hinunter. Daß über dem oberen Geländer für Sekunden der Kopf eines jungen Mannes auftaucht, bemerkt er nicht.

Den Namen der Haushälterin und ihre Adresse zu ermitteln, ist kein Problem. Die Bäckersfrau im Haus gegenüber der Arztpraxis hat nicht nur ausgezeichnete Brezeln, wie Bienzle befriedigt feststellt, sondern auch umfassende Kenntnisse über ihre Kunden.

Zehn Minuten später sitzt Bienzle Steinbachs Haushälterin in einer sterilen Wohnküche gegenüber.

«Frau Auersbach», sagt er, «es tut mir wirklich sehr leid, daß ich Sie stören muß, und vor allem sollten Sie nicht glauben, daß aus meinen Fragen irgendwelche wichtigen Schlüsse zu ziehen sind; es handelt sich um eine reine Routineangelegenheit.»

Die Frau nickt gemessen. Ihr Gesicht hat strenge Züge. Das eisgraue Haar ist in einem strammen Kranz um den Kopf gelegt. Alles an ihr ist kernseifensauber und ordentlich.

«Also, dann will ich mal nicht um den Brei herumreden», sagt Bienzle ein wenig irritiert; «mich interessiert, warum Sie derzeit nicht im Dienst sind.»

«Darüber kann ich Ihnen leider keine Auskunft geben», sagt sie.

«Warum denn nicht?»

«Weil ich es nicht weiß. Ich bin gebeten worden, mal eine Weile auszuspannen.»

«Auszuspannen? Hat der Doktor irgendwelche Erschöpfungszustände an Ihnen diagnostiziert?»

«Wo denken Sie hin! Ich bin doch rüstig genug.»

«Das sieht man Ihnen aber auch an», sagt Bienzle mit einem anerkennenden Kopfnicken, «daß Sie Übersicht und Kraft genug haben, Doktor Steinbachs Praxis und Haushalt in Schwung zu halten . . .»

«O ja», sagt sie, «und ich möchte nicht wissen, wie es dort ohne mich zugeht. Aber ich dränge mich nicht auf – ich nicht! Er wird schon sehen, wie er ohne mich . . .»

«Aber er hat Sie doch nicht gekündigt, oder?» unterbricht der Kommissar.

«Das wäre ja noch schöner!»

«Na also. Vielleicht meint er es wirklich nur gut mit Ihnen.»

Frau Auersbach schüttelt sehr bestimmt den Kopf. Bienzle stößt nach:

«Aber warum denn nicht? Er gilt doch allgemein als ein besonders netter und zuvorkommender Mann.»

«Sie werden von mir kein Urteil über Herrn Doktor bekommen, aber ich fühle mich wohlauf und gesund, und für einen besonderen Urlaub gab es gar keinen Anlaß.»

«Das klingt ja geradeso . . .» Bienzle läßt den Satz in der Luft hängen.

«Wie klingt das?»

«Nun, wenn man Ihnen so ganz objektiv zuhört, könnte man den Eindruck bekommen, daß Herr Steinbach . . .»

«Herr *Doktor* Steinbach . . .»

«. . . daß Herr *Doktor* Steinbach Sie für einige Zeit nicht im Hause haben will, weil er . . . Nun, weil er etwas vor Ihnen geheimhalten möchte.»

«Unsinn!» sagt sie resolut. «Er weiß, daß ich keine Tratschtante bin und absolut loyal zu ihm stehe. Und wenn Sie vielleicht denken, daß da Frauengeschichten . . .»

«Wer redet denn von Frauengeschichten? Vielleicht sind es völlig andere Dinge. Nehmen wir einmal an – wir von der Polizei kennen solche Fälle –, daß er in Gefahr ist und Sie nicht mit hineinziehen will.»

Frau Auersbach sitzt plötzlich kerzengerade auf ihrem Küchenstuhl. «Sie meinen, der Herr Doktor könnte in Gefahr . . .?»

Nachdenklich schaut Bienzle sie an und versucht noch einen kräftigen Schuß Besorgnis in seinen Blick zu legen. «Glauben Sie mir, wenn ich so etwas sage, tue ich das nicht leichtfertig.»

«Aber das wäre ja schrecklich! Unausdenkbar! Stellen Sie sich doch einmal vor, wieviele kranke Menschen von ihm abhängen! Und dann der Junge . . .»

«Und wenn es gerade der Junge wäre, der dem Herrn Doktor Schwierigkeiten macht?»

«Das glaube ich nicht. Der Junge mag ihn.»

«Tja, was immer es ist . . .» Bienzle legt ein wenig Pathos in die Stimme: «Es scheint so, als schwebe etwas Drohendes über ihm.»

Sprachlos starrt Frau Auersbach den Polizeikommissar an, der Sätze spricht, wie sie sie aus ihren Heftchenromanen kennt. «Aber», sagt sie, «aber da muß man doch etwas unternehmen!»

«Wir passen schon auf», lächelt Bienzle begütigend und beugt sich zu einem angedeuteten Handkuß über das kräftige Handgelenk der Haushälterin. Der stolze Ausdruck im Gesicht der so Geehrten entgeht ihm dabei. An der Tür bleibt Bienzle noch mal stehen und fragt: «Weiß der Junge eigentlich, daß Doktor Steinbach an dem Tod seiner Mutter nicht ganz unschuldig war?»

Frau Auersbach erstarrt für einen Moment, schüttelt heftig den Kopf und sagt: «Nein. Und er darf . . . Was reden Sie denn da für einen Unsinn!»

Bienzle verläßt das Haus und versteckt sich in den Arkaden der gegenüberliegenden kleinen Ladenpassage. Lange muß er nicht warten.

Im Abstand von zehn Metern folgt er Frau Auersbach, die mit kräftigen Schritten zielstrebig das Haus des Arztes ansteuert. Der Kommissar schlendert zum Brunnen auf dem Marktplatz und lehnt sich zufrieden gegen die Steineinfassung. Warten hat ihm noch nie etwas ausgemacht.

Er wartet auch noch, als die Dunkelheit hereinbricht und sein Magen leise vor Hunger knurrt. Daß er den vorbeigehenden Menschen auffällt, stört ihn nicht.

Kurz nach neun Uhr kommt Erwin Pichowiak die Herrengasse heraufgehinkt. Bienzle erkennt ihn, ehe er ausmachen kann, wer der Begleiter des Jungen ist. Erst als die beiden unter einer Straßenlaterne stehen bleiben und heftig aufeinander einreden, erkennt er seinen Assistenten Haußmann.

«In Ordnung», murmelt der Kommissar.

Haußmann begleitet Luzifer bis vor die Tür des Arzthauses und schlendert dann unentschlossen auf die Mitte des Platzes zu.

Bienzle gibt ihm ein Zeichen.

«Was machen Sie denn hier?» will Haußmann wissen.

«Ich warte auf eine Frau.»

«Oh», sagt Haußmann, sichtlich um Verständnis bemüht, «dann will ich nicht stören.»

Bienzle lacht. «Sie Rindvieh, es handelt sich um eine berufliche Recherche, und die Frau ist 64 Jahre alt.»

«Die Haushälterin?»

«Genau . . . Wie haben Sie das so schnell zusammenkombiniert?»

«Luzifer hat mir von ihr erzählt, aber er hat auch gesagt, daß diese Frau Auerhahn oder wie sie heißt . . .»

«Auersbach.»

«Richtig . . . daß diese Frau Auersbach derzeit nicht im Dienst ist.»

«Donnerwetter», sagt Bienzle anerkennend, «da haben Sie aber schon eine ganze Menge erfahren. Nun erzählen Sie mir doch freundlicherweise noch den Rest.»

Haußmann stemmt sich auf den Brunnenrand und baumelt mit den Beinen. «Na ja, er hat mir eine Menge davon erzählt, wie gemein die Menschen im allgemeinen und wie schlimm besonders die Leute im Kernkraftwerk sind.»

«Darüber können Sie ja nachher noch ein Protokoll schreiben.»

«Ein Protokoll? Ich denke, erst wenn die Untersuchung abgeschlossen . . .»

«Erst wenn Sie Hauptkommissar sind. Und weiter?»

«Er ist ein armer Teufel, wirklich; hochintelligent offenbar, sein Leben lang immer nur rumgeschubst worden.»

«Ich weiß schon: keine Freunde, keine Liebe . . .»

«Da ist aber etwas, was mir komisch vorkommt: er spricht andeutungsweise davon, daß er doch Freunde habe. Aber wenn man nachhakt, wird er sofort verstockt.»

«Haußmann, Haußmann!» sagt Bienzle sehr nachdenklich. «Da fügen sich womöglich ein paar Steinchen zusammen . . . Warten Sie mal . . .»

Der Assistent sieht Bienzle erwartungsvoll an.

«Haußmann, wenn ich jetzt Blech rede und Sie sagen jemand im Präsidium ein Sterbenswörtchen, dann hau ich Sie in die Pfanne. Was ich jetzt sage, ist die reine Sherlockholmserei – ich habe keinen Beweis, gar nichts . . .»

«Nu sagense schon!»

«Es ist nicht ausgeschlossen, daß sich das sogenannte Rote Bataillon da oben einquartiert hat . . . Kommen Sie, wir geh'n was essen.»

«Und Ihr Rendezvous mit der Dame?»

«Die kommt nicht so schnell wieder.»

«Aber . . . Aber wenn das so ist . . . Wir müssen doch was unternehmen!»

«Das hat Frau Auersbach heute nachmittag auch gemeint.»

«Ja und?»

«Wir unternehmen etwas, wenn wir Aussicht auf Erfolg haben, aber auf gar keinen Fall solange ich Hunger habe. Los jetzt. Im Adler werde ich Ihnen dann mal *meine* Theorie erläutern.»

9

«Schlecht sehen Sie aus!» stellte Annerose Auersbach fest und mustert ihren Chef mißbilligend.

«Ich hatte Ihnen klipp und klar gesagt, daß ich Sie für vierzehn Tage hier nicht gebrauchen kann.»

«Sie haben gesagt, ich soll ausspannen.»

«Ist doch egal», sagt Steinbach müde; «nennen Sie es, wie Sie wollen, aber gehen Sie wieder.»

«Nein», sagte sie starrköpfig, «ich bleibe! Solange Sie mir keinen vernünftigen Grund . . .»

«Frau Auersbach, machen Sie es mir doch nicht so schwer!»

«Wer macht es hier wem schwer?»

Steinbach sieht sie ratlos an. Er kann es ihr nicht erklären; er muß sie einfach loswerden. Vielleicht kann er ja alles in ein paar Tagen wieder ins Lot bringen . . . Mühsam erhebt er sich aus seinem Sessel. «Frau Auersbach, ich habe Sie gebeten, eine Weile hier nicht aufzutauchen. Sie haben sich diesen Anordnungen widersetzt . . . Sie sind fristlos entlassen.»

Sprachlos schaut sie den Doktor an. «Ist das Ihr Ernst?»

«Klarer kann man es ja wohl nicht ausdrücken. Und nun sehen Sie zu, daß Sie hinauskommen.»

«So kann man mit mir nicht umgehen», sagt Frau Auersbach. «Mit mir nicht! Das wird ein Nachspiel haben!» Sie nimmt ihren ganzen Stolz, ihre Würde und ihren Zorn zusammen, wirft dem undankbaren Mann noch einen vernichtenden Blick zu, macht kehrt und verläßt den Praxisraum.

Auf dem Treppenabsatz vor der Tür bleibt sie stehen, dann schlüpft sie aus ihren Pumps und geht, darauf bedacht, jedes Geräusch zu vermeiden, die Treppe hinauf. Vor Erwins Tür bleibt sie stehen. Leise Musik und Stimmen klingen aus dem Raum dahinter. Vorsichtig beugt sie sich hinunter und versucht, durch das Schlüsselloch etwas zu erkennen. Aber es sind nur Schatten wahrzunehmen . . . Die Musik bricht ab. Jetzt sind die Stimmen zu verstehen.

«Also, morgen schicken wir den Brief weg – mit der Post, verstehst du, also nicht direkt im Kraftwerk einwerfen.»

Die Stimme kennt sie nicht. Aber jetzt, das ist Erwin.

«Ja, sicher.»

«Also alles klar?» fragt die fremde Stimme.

«Okay», sagt Erwin.

Frau Auersbach, die erkennt, daß das Gespräch gleich zu Ende sein muß, will die Treppe wieder hinunterschleichen, hört aber im gleichen Moment eine Tür im ersten Stock gehen. Atemlos trippelt sie die Stufen hinauf und versteckt sich hinter einem Vorhang auf dem Treppenabsatz, dort, wo sie selber das Putzgerät untergebracht hat.

«Nanu?» eine überraschte weibliche Stimme: «Was sind denn das für Schuhe?»

Im gleichen Moment geht Erwins Tür auf und wird leise von außen wieder zugedrückt.

«Joe?» ruft die Mädchenstimme von unten. «Joe, bist du das?»

«Ja. Was ist denn?»

«Schau mal, hier stehen zwei Damenschuhe mutterseelenallein im Treppenhaus.»

«Spinnst du?» Joe stürmt mit drei Sätzen die Treppe hinunter.

Frau Auersbach wagt nicht zu atmen. Sie friert und hält die Hände auf den Mund gepreßt. Das Zweiminutenlicht im Treppenhaus erlischt und geht sofort wieder an. Sie hört jetzt nur noch leises Zischeln, dann langsame Schritte auf der Treppe. Je näher die Schritte kommen, um so lauter erscheinen sie ihr. Zuletzt dröhnen sie in ihren Ohren wie Paukenschläge. Schweißtropfen laufen ihr über die Stirn und in die Augen.

Vor dem Vorhang verharren die Schritte für einen Moment, dann entfernen sie sich wieder.

Annerose Auersbach versucht, tief durchzuatmen und einen klaren Gedanken zu fassen. Offensichtlich hat der Kommissar recht: Doktor Steinbach ist in Gefahr . . . Grimmig faßt Frau Auersbach nach dem Besen, der hinter ihr an einem Nagel hängt. Die Schritte kehren zurück.

Annerose Auersbach zittert nicht mehr. Ihre Angst hat grimmiger

Entschlossenheit Platz gemacht. Mit einem Ruck wird der Vorhang zur Seite gerissen. Sekundenlang ist sie vom Treppenhauslicht geblendet; dann macht sie zwei Schritte, steht vor dem Fremden und holt mit dem Besen aus.

«Sieh mal, die Oma», grinst der Mann.

Frau Auersbach schlägt zu, aber mit einem schnellen Schritt zur Seite hat sich Joe aus der Gefahrenzone gebracht. Ihr eigener Schwung reißt die Frau nach vorn; sie spürt für einen Moment eine Hand in ihrem Nacken und fühlt, daß sie gestoßen wird. Treppenstufen stürzen ihrem Gesicht entgegen. Verzweifelt versucht sie sich am Geländer festzuhalten, bekommt es zu fassen, krallt sich fest, erhält einen Tritt auf die Hand, muß loslassen und stürzt. Sie sieht die weit aufgerissenen Augen eines Mädchens, das auf dem unteren Treppenabsatz steht, rollt über die Schulter in einem seltsam verschobenen Purzelbaum die Stufen hinab und bleibt reglos liegen wie eine Puppe, die ein Kind weggeworfen hat.

Fast gleichzeitig werden die Tür der Praxis und Erwins Tür aufgerissen. Der Arzt und der Junge starren ungläubig auf die Szene. In diesem Moment verlöscht das Zweiminutenlicht wieder. Automatisch drückt Doktor Steinbach auf den Knopf: das Licht flammt auf. Joe lehnt lässig am Treppengeländer und hat eine Pistole in der Hand, die er jetzt fast beiläufig entsichert.

«Das ist . . .» Steinbach will etwas sagen.

«Schnauze!» bellt Joe.

«Aber Joe . . .» weiter kommt Erwin nicht.

«Du hältst jetzt auch dein Maul», brüllt Joe und richtet die Waffe auf den ungläubig dreinblickenden Jungen.

Annerose Auersbach versucht sich zu erheben, fällt aber matt wieder zurück. «Ich glaube, ich habe mir was gebrochen», stöhnt sie.

Das Mädchen beugt sich über sie. «Kann ich . . .»

«Na prima», lacht Joe, «dann kannste uns schon nicht davonrennen . . . Geh da weg, Kathrin!»

Das Telefon läutet in der Praxis.

Ratlos schaut der Arzt zu Joe hinauf.

«Rangehen.» Langsam kommt er die Treppenstufen herunter.

Mit einer fahrigen Bewegung hebt Steinbach den Hörer ab. Joe lehnt im Türrahmen. Die Pistole ist auf den Bauch des Doktors gerichtet.

«Hier Steinbach . . .»

Am anderen Ende meldet sich Bienzle. «Ist bei Ihnen irgend etwas Besonderes vorgefallen?» Steinbach zögert. Er starrt in den Pistolenlauf.

«Hallo!» ruft Bienzle.

«Ja bitte?»

«Ob bei Ihnen inzwischen etwas vorgefallen ist, wollte ich wissen.»

«Nnnnnein», sagt Steinbach zögernd. Sein Gehirn beginnt wieder zu arbeiten. Er weiß plötzlich, daß er nicht mehr heil aus der Geschichte herauskommen wird.

«Das klingt aber nicht überzeugend», sagt Bienzle.

«Nein», sagt Steinbach wieder und sieht Joe auf sich zukommen. «Nein», sagt er noch einmal, «ich kann heute niemand mehr behandeln; wenden Sie sich am besten an das Kreiskrankenhaus.»

Beruhigt lehnt sich Joe zurück.

«Antworten Sie jetzt nur noch mit Ja oder Nein», sagt Bienzle scharf. «Ist Frau Auersbach noch bei Ihnen?»

«Ja.»

«Ist ihr etwas zugestoßen?»

«Ja.»

«Stehen Sie unter Druck?»

«Ja.»

Wieder löst sich Joe von der Wand. Schnell sagt Steinbach mit unsicherer Stimme:

«Da hilft Penicillin gar nichts . . . Aber, wie gesagt, ich kann heute nichts mehr für Sie tun.»

Bienzle, der in der engen Zelle im Korridor des Goldenen Adlers kaum Luft bekommt, beginnt zu schwitzen. «Diese Ganoven haben Sie in der Hand, nicht wahr?»

Klick. Die Leitung ist tot.

Mit dem Pistolenlauf hat Joe die Gabel niedergedrückt. «Du quatscht zuviel.»

«Aber ich habe doch . . . Es war doch nur ein Patient», sagt Steinbach.

Schnell kommt die nächste Frage Joes: «Wer? Name, Anschrift?»

Einen Moment zögert Steinbach, dann sagt er den ersten Namen, der ihm einfällt: «Franz Hornschuh, der Stadtamtmann.»

«Such die Nummer raus, Kathrin.»

Das Mädchen blättert in dem schmalen Telefonverzeichnis. «Hier», sagt sie, «21213.»

Noch immer hält Joe den Arzt mit der Pistole in Schach. Mit der linken Hand schmeißt er den Hörer von der Gabel und wählt die Nummer. Da gibt Steinbach auf.

«Lassen Sie das. Es war der Kommissar . . . Er wollte wissen, ob Frau Auersbach bei mir ist. Offensichtlich hat er sie vernommen.» Dann läßt er sich müde in den Sessel sinken.

Für einen Moment sieht es so aus als wollte Joe auf ihn losgehen. Da erscheint Erwin in der Tür; er ist kalkweiß im Gesicht, aber seine Stimme klingt fest und entschlossen, als er sagt: «Joe, ich bring dich um, wenn du ihm etwas tust!»

Joe dreht sich um; auf seinem Gesicht liegt ein häßliches Grinsen. «Du Schwachkopf . . .» sagt er, bricht aber sofort ab.

Luzifer steht breitbeinig in der Tür. Sein Körper hängt über dem verkürzten Bein stark nach links. Seine rechte Hand schwebt über der rechten Schulter und hält ein blitzendes Messer.

«Kann sein, daß du schneller schießt», sagt der Junge völlig ruhig, «aber sicher wäre ich an deiner Stelle nicht!»

Joe steckt die Pistole weg und sagt zu Luzifer: «Ich glaube es ist Zeit, daß ich dir ein paar Dinge klarmache . . .»

«Joe», ruft der Arzt entsetzt und zugleich beschwörend.

Bienzle wirft den Hörer auf die Gabel und reißt die Tür auf. Haußmann, der im Korridor gewartet hat, sieht sofort, daß etwas passiert ist. Hektische rote Flecken bedecken Bienzles Gesicht.

«Scheiße!» sagt Bienzle.

Haußmann schaut ihn fragend an.

«Wir sitzen bis zum Hals in der Scheiße», sagt der Kommissar noch einmal und wischt sich mit dem Taschentuch den Schweiß aus dem Gesicht.

Haußmann wagt noch immer nicht, ihn anzusprechen.

Unwillig schüttelt Bienzle seinen klobigen Kopf. «Meine Theorie stimmt haarklein – die haben sich bei Doktor Steinbach einquartiert . . . Dort müssen auch die Ionenaustauscher liegen.»

«In Steinbachs Haus?» fragt nun doch Haußmann.

«Haben Sie schon mal etwas davon gehört, daß so ein Arzt mit Röntgenstrahlen arbeitet? Da muß es doch entsprechende Sicherungen geben.»

«Möglich», sagt Haußmann, überzeugt ist er nicht.

«Diese Ganoven müssen offensichtlich Beweise dafür gefunden haben, daß Steinbach diese Geschichte mit der Pichowiak hatte und sie vor Luzifer geheimhält . . . und jetzt brauchen sie nur noch zwei und zwei zusammenzuzählen.»

«Und die Auersbach?»

«Hat sich offensichtlich eingemischt und ist dabei unter die Räder gekommen.»

«Wie meinen Sie denn das?»

«Ich habe Steinbach gefragt, ob ihr etwas zugestoßen ist, er hat die Frage mit Ja beantwortet.»

«Verdammt!»

«Verdammt, verdammt, verdammt . . . Was hätten wir denn tun sollen?» bellt Bienzle seinen Assistenten an, aber es ist ihm anzusehen, wie unbehaglich er sich fühlt.

«Wir müssen etwas unternehmen», sagt Haußmann fast schüchtern, ständig einen Zornausbruch seines Chefs erwartend. «Ja; nachdenken müssen wir.»

Bienzle, der zuletzt ruhelos im Gang auf- und abgelaufen ist, bleibt stehen.

Ungläubig schaut Haußmann dem Kommissar ins Gesicht. «Aber . . .»

«Nichts aber! Jetzt passen Sie mal auf: Aller Wahrscheinlichkeit nach haben die Gangster spitz gekriegt, daß Steinbach mit mir gesprochen hat – und wenn sie's aus ihm rausprügeln . . . Wenn wir jetzt versuchen, in das Haus einzudringen oder gar den Laden mit einer halben Hundertschaft zu stürmen, dann drehen die Burschen durch – dann ist das Leben des Herrn Steinbach, seines hinkebeinigen Knaben und der Frau Auersbach keinen Pfifferling wert – falls die alle noch leben . . . Was folgt daraus?»

«Aber doch nicht, daß wir einfach zuwarten!»

«Sondern?»

Haußmann hebt hilflos die Schultern.

«Na also!» knurrt Bienzle; «wer sagt's denn . . .»

«Aber wenn die Gangster wissen, daß Sie angerufen haben, werden sie sich doch aus dem Staub machen», wendet schließlich der Kriminalassistent doch noch ein.

«Richtig», brummt Bienzle. «Nachdenken und zuwarten können wir auch, wenn wir Steinbachs Haus beobachten . . . Auf geht's!»

Die beiden Polizisten verlassen im Sturmschritt den Gasthof.

Daß Kilper in seinem Zimmer im ersten Stock ihre Stimmen gehört hat und sich auf leisen Sohlen der Treppe näherte, daß er schließlich einen großen Teil des Gesprächs mitbekam, genug, um den Zusammenhang zu begreifen – das alles haben sie nicht bemerkt.

So leise, wie er gekommen ist, schleicht Kilper in sein Zimmer zurück.

Joe versucht es plötzlich mit einem Lächeln: «Wir müssen jetzt alle erst einmal ruhig werden», sagt er. «Doktor, kümmern Sie sich um die Frau!»

Kathrin kommt ins Zimmer. Sie sieht Joe scharf an. «Was geschieht jetzt?»

«Nichts. Warum?»

«Sagte der Doktor nicht gerade, der Kommissar hat angerufen?»

«Ja. Und?»

«Dann kann die Polizei doch jeden Moment . . .»

«Wir haben zwei Geiseln, und niemand weiß, wo die Ionenaustauscher sind . . . Ich kann mir nicht vorstellen, daß es der Bulle darauf ankommen lassen will.»

«Du glaubst, daß die nichts unternehmen?»

«Das habe ich nicht gesagt. Aber ich denke, daß wir noch genügend Zeit haben.»

Erwin Pichowiak hat sich auf den Schreibtischstuhl des Arztes gesetzt und spielt gedankenverloren mit seinem Klappmesser. Der Arzt untersucht im Treppenhaus das Bein seiner Haushälterin.

«Ich denke, es ist nichts gebrochen», sagt er, «aber es muß eine ziemlich schlimme Verstauchung sein. Ich mache Ihnen einen Verband.»

«Können wir nichts gegen diese gemeinen Menschen tun?» flüstert Frau Auersbach.

Der Doktor schüttelt nur den Kopf.

«Erwin . . .» sagt Joe freundlich.

«Ja?» Der Junge hebt den Kopf.

«Wir müssen Plan Drei vorziehen; ist das klar?»

«So?» Erwins Augen blicken forschend auf Joe.

Kathrin setzt sich auf die Armlehne des Sessels und legt einen Arm um Erwins Schultern. «Sieh mal», sagt sie, «mir hat es auch nicht gefallen, wie Joe das mit der alten Dame gemacht hat. Aber er steht jetzt mächtig unter Stress, und da dreht man leicht mal durch – das mußt du doch verstehen.»

Erwin blickt zu ihr auf; er sieht ihr in die Augen, als ob er etwas darin suche. «Er hat seine Pistole auf mich gerichtet, und ich habe ihm mit dem Messer gedroht . . . Ich kann nur sagen, mir war es . . .» Er spürt ihre Brust an seiner Schulter und zuckt zurück. «Mir war es verdammt ernst», sagt er lahm.

Hans Kilper liegt auf dem Bett und telefoniert. Seinen Chef läßt er gar nicht erst zu Wort kommen. Im knappen Telegrammstil gibt er seine bisherigen Recherchenergebnisse zu Protokoll. «Also», schärft er seinem Telefonpartner noch einmal ein, «die Geschichte mit der anonymen Drohung ist gecheckt, aber bei der Geiselstory bin ich noch nicht so weit, und vor allem hab ich keine Ahnung, wie der Kommissar vorgehen wird.»

«Na, dann quetschen Sie ihn eben aus!» bellt der Chef am anderen Ende der Leitung.

«Den ausquetschen? Haben Sie eine Ahnung! Das ist ein Schwabe!»

«Na und?»

«Ich empfehle mich mit schwäbischem Gruß!» schimpft Kilper und knallt den Hörer auf die Gabel. Dann macht er sich auf den Weg zu Anne Muthesius.

«Na, welches Gedicht hast du diesmal auf den Lippen?» fragt die Journalistin, als sie ihm die Tür ihrer kleinen Dachwohnung öffnet.

Aber Kilper ist nicht in lyrischer Stimmung. «Die Gangster haben Doktor Steinbach und seine Haushälterin in ihrer Gewalt», sagt er knapp und erzählt der Kollegin in wenigen Sätzen, was er gehört hat und was er sich daraus zusammenreimt.

«Aber da muß man doch etwas unternehmen!» sagt das Mädchen schließlich. Sie weiß nicht – beide wissen nicht, daß das schon mehrere Leute gesagt haben.

«Das ist leicht gesagt. Wenn ich recht verstanden habe, will dieser schwäbische Dickschädel erst einmal gar nichts tun.»

«Aber das ist doch nicht möglich!»

«Warum nicht? Er denkt offensichtlich, daß er mit irgendwelchen unüberlegten Aktionen nur das Leben der beiden gefährden würde.»

«Das heißt also, daß alle Welt tatenlos abwarten muß, was die Gangster als nächstes tun?»

«Nicht alle Welt. Wir zumindest nicht.»

«Wir werden nichts Übereiltes unternehmen», sagt Joe. «Das Haus wird mit Sicherheit beobachtet . . . Ihr beiden geht jetzt in Erwins Zimmer und trefft die Vorbereitungen für Plan Drei. Ich kümmere mich um den Doktor und die alte Dame.»

Nur zögernd setzt Erwin sich in Bewegung. Wortlos will er an Doktor Steinbach vorbeigehen, aber der hält ihn für einen Moment am Arm fest.

«Erwin: Hast du etwas mit dem Tod von Kanzleiter zu tun?»

Der Junge bleibt stehen und sieht dem Arzt gerade in die Augen, sagt aber nichts. Dann senkt er den Blick.

«Du fürchtest dich, nicht wahr?» sagt Steinbach leise.

Erwin bringt kein Wort heraus. Langsam hinkt er hinter Kathrin die Treppe hinauf.

In Erwins Zimmer setzen sich Kathrin und der Junge an den schmalen Schreibtisch vor dem Fenster und beginnen, Buchstaben aus Zeitungen auszuschneiden. Luzifer hat den Text auf den Rand einer der Zeitungen geschrieben. Nach einer halben Stunde stehen die gleichen Worte aus den unterschiedlichsten Buchstaben zusammengesetzt auf einem weißen Blatt:

DAS GESUCHTE RADIOAKTIVE MATERIAL IST IN UNSERER HAND
GENUG UM DAMIT DAS TRINKWASSER DES GANZEN LANDES ZU VERSEUCHEN
DIE FOLGE WÄREN KRANKHEIT UND TOD FÜR HUNDERTTAUSENDE WOLLEN SIE DAS
WENN NICHT DANN HALTEN SIE ZWEI MILLIONEN MARK BEREIT
WEITERE ANWEISUNGEN FOLGEN
DAS ROTE BATAILLON

«Ich weiß nicht – plötzlich krieg ich einen Mordsbammel», sagt Erwin Pichowiak schwach. «Am liebsten würde ich aussteigen.»

Kathrin schüttelt den Kopf. «Dazu ist es zu spät. Du hängst viel zu dick drin . . . Stell dir doch bloß mal vor, was passiert, wenn sie dahinter kommen, daß du den Schieber aufgemacht hast!»

«Ich könnte sagen, daß es ein Versehen war.»

«Bei deinen technischen Kenntnissen?»

«Warum nicht? Jeder macht mal 'n Fehler.»

«Und dann, alle wissen doch, daß du eine Mordswut auf die im Werk hattest.»

«Stimmt. Aber auf mir haben sie ja auch immer bloß rumgehackt.»

«Na und? Glaubst du, damit stehst du besser da? – Erwin, in einer Woche haben wir hier alles hinter uns, und dann fängt das Leben erst richtig an!»

«Du, Kathrin . . .»

«Ja?»

«Du bist nicht so wie Joe, nicht wahr? So gemein . . .»

«Ich will mich nicht besser machen, als ich bin.»

«Manchmal denke ich, ihr werdet mich alle beide im Stich lassen, wenn das hier vorbei ist.»

«Was fällt dir denn ein. Erstens brauchen wir dich, und zweitens . . .» Kathrin läßt den Satz in der Luft hängen.

«Was ist zweitens?»

«Komm mal her!» Kathrin geht langsam zu der schmalen Couch.

Ein wenig verlegen setzt sich Erwin neben sie.

«Näher», sagt Kathrin und zieht seinen Kopf zu sich heran. «Gib mir doch endlich mal einen Kuß . . .»

Der Junge preßt seine Lippen auf ihren Mund und spürt plötzlich ihre Zunge, die sich verstohlen einen Weg sucht. Betroffen zuckt er zurück, aber Kathrin läßt ihn nicht los, ihre schmalen Finger streicheln seinen Nacken und ziehen den Kopf sanft wieder heran. Wieder spürt er ihre Zunge im Mund. Er ist plötzlich sehr erregt; er fühlt, wie ihre Hände über seine Schultern gleiten, seinen Rücken streicheln, wie ihre Finger in seine verkrampften Hände schleichen und dort ein sanftes Spiel beginnen. Kathrin drängt sich gegen ihn. Er fühlt ihre Brüste und merkt kaum, wie sie seine rechte Hand vorsichtig dorthin führt.

«Du kannst mich ruhig anfassen», flüstert sie, «ich mag das . . .»

Zaghaft beginnt er sie zu streicheln.

«Ich hab noch nie einen Mann mit so zärtlichen Händen erlebt», murmelt Kathrin nach einer Weile, und sie meint es ernst. «Mach weiter . . . Oh, bitte, mach weiter . . . Zieh mich aus . . .!» Erwin ist plötzlich nicht mehr unsicher. Mit ruhigen Händen knöpft er die Bluse des Mädchens auf und streichelt ihre nackte Haut; dann läßt er seine Lippen über ihren Körper gleiten. Wenig später sind sie beide nackt.

«Du hast einen schönen Körper», sagt Kathrin leise. Sie kniet neben ihm und schaut auf ihn hinab. «Wir werden jetzt miteinander schlafen . . . Ich zeig dir, wie es geht . . .»

Dann liegen sie schwer atmend nebeneinander, und Kathrin sagt ein ums andere Mal: «Das darf doch nicht wahr sein . . . Das darf einfach nicht wahr sein!»

«Was hast du denn?» fragt Erwin.

Sie lacht. «Das haut mich einfach um! So hat mich noch kein Mann geliebt, ehrlich ... Kannst du noch mal?»

Schließlich liegt Kathrin auf dem Rücken, und Erwin kniet über ihr. Sie schaut in seine braunen Augen, die ernsthaft ihr Gesicht mustern, als ob er es auswendig lernen müßte.

«Du», sagt sie, «in meinem Bauch wächst ein Gefühl für dich, das hat es vorher noch nie gegeben.»

Seine Finger zeichnen ihre Augenbrauen, den Nasenrücken und ihre Lippen nach. Noch immer ein wenig scheu streichelt er den entspannten Körper des Mädchens.

Plötzlich setzt sie sich auf und starrt ihn an: «Ich muß verrückt geworden sein», sagt sie. «Unzurechnungsfähig ...» Dann beugt sie sich schnell vor und küßt ihn.

Der Junge steht auf und hinkt zum Fenster. Lange starrt er hinaus.

«Was hast du?» fragt Kathrin.

«Ich muß immer daran denken, daß ich ein Mörder bin. Und daß ich das nicht mehr rückgängig machen kann.»

«Denk doch nicht dran!»

«Hast du schon mal einen ...? Es geht nicht, du. Nicht dran denken, das geht nicht.»

Kathrin steht auf, geht zu ihm hinüber und schlingt ihm die Arme von hinten um die Brust. «Du hast es nicht gewollt ... Er hat dich dazu getrieben. Joe trägt viel mehr Schuld als du ...»

«Vielleicht ...»

10

Als Kilper und Anne den Marktplatz erreichen, werden sie von Bienzle, der plötzlich wie aus dem Boden gewachsen vor ihnen steht, unfreundlich begrüßt:

«Hier gibt's überhaupt nichts Interessantes zu sehen! Am besten ist's, Sie ziehen sich zu einem gemütlichen Viertele zurück.»

Kilper lächelt auf den Kommissar hinab und sagt, einer plötzlichen Eingebung folgend: «Ich wollte nur Doktor Steinbach aufsuchen, um mich für mein dummes Verhalten in der Nacht von Sonnabend auf Sonntag zu entschuldigen.»

«Jetzt? Mitten in der Nacht?»

«Na, so spät ist es auch wieder nicht.»

«Also, es geht nicht!» bestimmt Bienzle knapp.

«Ich bitte Sie!» Kilper lächelt noch immer: «Es dürfte wohl doch etwas außerhalb Ihrer Kompetenz liegen, mir einen Arztbesuch zu verbieten, nicht wahr?»

Bienzle stampft mit dem Fuß auf wie ein trotziges Kind. «Wahrscheinlich wisset Sia G'scheitle scho wieder mehr als andere, ond grad deshalb wellet Sia do nauf zum Doktor – isch es net so?»

«Gegenfrage: Warum wollen Sie denn partout verhindern, daß ich Steinbach besuche?»

«Weil das gefährlich für Sie werden kann. Und damit basta.»

«Da hätte ich dann noch eine Frage: Wie wollen Sie mich daran hindern – durch Waffengewalt etwa?»

«Wenn's sein muß.» Bienzle wendet sich abrupt ab und kehrt wortlos zu seinem Beobachtungsposten in einer der Arkaden zurück.

Kilper geht ihm nach. Dicht neben dem Kommissar stehend, sagt er leise: «Hören Sie, Herr Bienzle – ich weiß doch Bescheid! Da oben sitzen die Erpresser und haben wahrscheinlich den Doktor und seine Haushälterin in ihrer Gewalt; Sie können nicht reingehen, weil das zu einer Kurzschlußhandlung bei denen führen könnte. Aber ich . . .» Er läßt den Satz in der Luft hängen.

«Bist du wahnsinnig geworden?» Anne Muthesius ist ihm gefolgt und hat die letzten Worte gehört.

«Ausgeschlossen!» sagt Bienzle; «da mach ich nicht mit!»

«Sie wissen nicht mal, ob die Ganoven da oben sind – vielleicht beobachten Sie ein leeres Haus? Ich könnte Ihnen Gewißheit verschaffen.»

Bienzle schüttelt den Kopf, aber das kann Kilper in der Dunkelheit nicht sehen.

«Also, was ist?»

«Nein.»

«Aber es wäre ganz allein mein Risiko.»

«Nein!» Bienzles Ton wird immer ärgerlicher.

Eine Weile spricht keiner mehr. Dann sagt Kilper trotzig:

«Das wollen wir jetzt doch mal sehen!» Und im gleichen Augenblick geht er los, quer über den Platz auf das Haus des Arztes zu.

«Hans . . .» Annes Stimme klingt ängstlich und entsetzt.

«Die Mutigen sind die Schlimmsten», sagt Bienzle philosophisch und lehnt sich an eine Sandsteinsäule.

«Tun Sie doch was!» drängt Anne Muthesius.

«Zu spät.»

Kilper hat Steinbachs Haus erreicht und drückt auf die Klingel. Im Treppenhaus flammt Licht auf. Steinbachs Stimme in der Gegensprechanlage: «Wer ist da, bitte?»

«Kilper, Hans Kilper – Sie wissen schon . . . Ich habe mich idiotisch benommen, aber jetzt brauche ich Sie.»

Steinbach antwortet nicht.

Kilper klingelt nach einer Weile noch einmal und ruft gleichzeitig in die Gegensprechanlage: «Hallo . . . Haben Sie nicht gehört?»

«Doch, doch», sagt Steinbach, und nach einer Pause: «Ich komme.»

Jetzt geht auch das Licht über der Haustür an. Bienzle nähert sich dem Haus, indem er hinter parkenden Autos tief gebückt ein paar Meter vorwärtsschleicht. Hinter den schmalen Fenstern des Treppenhauses sieht man Steinbach langsam die Treppe herunter kommen. Bienzle erkennt zwei weitere Gestalten knapp hinter dem Doktor.

«Kilper – kommen Sie zurück!» ruft Bienzle.

Doch Kilper rührt sich nicht von der Stelle. Die drei Gestalten passieren den Treppenabsatz ein halbes Stockwerk über der Haustür, dann verschwinden sie wieder aus dem Blickfeld. Bienzle hastet hinter einem Mercedes hervor und auf das Haus zu. Gleichzeitig kommt Haußmann in mächtigen Sätzen angerannt. Bienzle brüllt:

«Bleiben Sie, wo Sie sind, Haußmann!» Der junge Polizist hält am Rand des diffusen Lichtkegels, den die Lampe über der Haustür wirft; in seiner rechten Hand hält er eine Pistole. Bienzle erreicht Kilper, als sich die Tür öffnet. Er faßt automatisch nach seinem Schulterhalfter, aber wie meistens hat er auch diesmal keine Waffe bei sich.

Im hell erleuchteten Treppenhaus steht Doktor Steinbach – allein. Im gleichen Moment geht das Zweiminutenlicht aus. Bienzle hört schnelle Schritte. «Halt – stehenbleiben!» ruft er. Dann wird eine Tür geöffnet und fällt krachend wieder ins Schloß.

«Haußmann, sie sind hinten raus», brüllt der Kommissar. Aber noch ehe der junge Polizist die Hausecke erreicht hat, heult ein Motor auf, Reifen quietschen.

Anne Muthesius kommt langsam über den Platz. Die Gruppe unter der Haustür sieht aus wie ein Filmbild, das plötzlich aus der Bewegung heraus zum Stehen gebracht wird. Dann bewegt sich etwas im Treppenhaus. Luzifer hinkt langsam, Stufe für Stufe, die Treppe herab.

Haußmann kommt zurück. «Sie sind weg, mit einem Porsche; Kennzeichen habe ich nicht erkannt.»

«Fahndungsmeldung durchgeben», sagt Bienzle, und seine Stimme klingt abgespannt und müde. «Warum sind Sie Idiot nicht an Ihrem Platz geblieben?»

«Ich hörte Sie rufen, da dachte ich, Sie sind in Gefahr», gibt Haußmann kleinlaut zurück.

«Dachte ich, dachte ich», äfft der Kommissar ihn ärgerlich nach, «Sie waren da, um den Hinterausgang zu beobachten, nicht um zu denken, Himmel, Arsch und Zwirn!»

«'tschuldigung», sagt Haußmann.

«Beschreiben Sie die Leute!» herrscht Bienzle den Arzt an.

Der bringt zuerst keinen Ton heraus, dann kommen ein paar stockende Angaben: «Ein junger Mann, Johannes Heusel, genannt Joe, und ein Mädchen . . .» Er hält inne, dann gibt er sich einen Ruck: «Kathrin Steinbach.»

«Was?» Bienzles Kopf schießt vor: «Was sagen Sie da?»

«Eine Verwandte von mir», sagt Doktor Steinbach, «die Tochter eines Vetters.»

«Oh du liabs Hergöttle . . .» Bienzle hebt in einer theatralischen Geste beide Arme zum Himmel.

Steinbach beschreibt Haußmann die beiden jungen Leute, so gut er kann.

«Gut», sagt Bienzle, «das heißt, nicht gut; schlecht, sehr schlecht . . . Gehen wir nach oben.» Er geht mit schleppenden Schritten die Treppe hinauf. Nach ein paar Stufen dreht er sich um, sieht, daß Kilper folgt und bekommt plötzlich einen puterroten Kopf und schreit: «Hauen Sie bloß ab, Mann!» Dann steigt er weiter hinauf.

Kilper verläßt das Haus.

In Steinbachs Praxis versammeln sich Bienzle, Steinbach, Luzifer und Frau Auersbach, die der Kommissar mit einem kurzen Kopfnicken begrüßt. Kurz darauf kommt Haußmann hinzu. Luzifer sieht ihn an und grinst.

«Ein Bulle! Hab ich mir doch gleich gedacht.»

Haußmann lächelt. «Ganz recht: ein Bulle.»

Bienzle läßt sich in den Sessel des Arztes fallen und fragt: «Was ist mit dem radioaktiven Zeug?»

«Weg», sagt Steinbach; «sie haben es mitgenommen, eingewickelt in drei meiner Röntgenschürzen.»

Bienzle schüttelt den Kopf. «Das kann ja heiter werden . . . Sie können ins Bett gehen, ich will im Augenblick nur mit Herrn Pichowiak reden», sagt er zu Steinbach und Frau Auersbach.

«Ich kann jetzt ohnehin nicht schlafen», sagt der Arzt.

«Nehmen Sie ein Mittel – irgendwas werden Sie ja wohl in Ihrem Arzneischrank haben. Wir beide reden morgen früh.»

«Kann ich nicht dabeibleiben?»

«Nein», sagt Bienzle grob.

Steinbach scheint einfach zu müde zu sein, um zu widersprechen. «Kommen Sie», sagt er zu der Haushälterin. Die beiden verlassen die Praxis.

Bienzle streckt die Füße weit aus und gibt einen ächzenden Laut von sich. Er schaut auf seinen prallen Bauch, über dem sich das Hemd spannt. Luzifer scheint er vergessen zu haben.

«Wollen Sie sich nicht setzen?» fragt Haußmann den Jungen, aber der schüttelt nur den Kopf.

Langsam hebt Bienzle den Blick und schaut Erwin Pichowiak an. «Ich hatte mal einen Lehrer in Geschichte, der konnte mich nicht ausstehen. Manchmal trieb er's mit mir so arg, daß ich ihn hätte umbringen können. Der stellte mir zum Beispiel Fragen über die Sozialpolitik Bismarcks, obwohl wir erst bei Friedrich dem Großen waren. Und dann malte er mit stiller Freude eine Sechs in sein Notizbuch, hinter meinen Namen.»

Erwin Pichowiak starrt den Beamten verständnislos an.

«Was hat Kanzleiter Ihnen getan?» fragt Bienzle unvermittelt.

Keine Antwort.

«Ich war heute bei seiner Frau», sagt Bienzle. «Die ist noch nicht einmal unglücklich darüber, daß es ihren Mann erwischt hat.» Bienzle beginnt sich die Fingernägel der linken Hand mit dem Daumennagel der rechten zu reinigen. «Es ist seltsam, wie oft man Hinterbliebenen begegnet, die nur zum Schein trauern. Die Frau war ehrlich, die hat mir gar nicht erst etwas vorgemacht . . .» Bienzle steht schwerfällig auf und geht zu Luzifer hinüber. Dicht vor dem Jungen bleibt er stehen und nickt ein paar Mal schwer mit dem Kopf. «Tja», sagt er, «man sollte es trotzdem rückgängig machen können, nicht wahr?»

Erwin Pichowiak schaut an Bienzle vorbei und beißt sich auf die Unterlippe.

Bienzle will dem Jungen die Hand auf die Schulter legen, hält in der Bewegung inne und läßt es. «Glaub nicht, daß ich von dir erwarte, daß du jetzt redest», sagte er, «dazu ist noch Zeit genug.»

Haußmann setzt dazu an, etwas zu sagen, aber Bienzle winkt hinter Luzifers Rücken energisch ab. Langsam umrundet er den weißen Resopaltisch des Arztes und läßt sich wieder in den Sessel sinken.

«Man muß sich mal überlegen», sinniert er, «wie sicher ein Atomkraftwerk ist, aus dem radioaktives Material gestohlen werden kann, und bei dem eine kleine Manipulation genügt, um ein Ventil unter radioaktiven Hochdruckdampf zu setzen, das kurz zuvor dekomprimiert worden ist . . . Es kann einem angst werden dabei.»

Erwin Pichowiak macht zum ersten Mal den Mund auf: «Ich bin müde. Kann ich ins Bett gehen?»

«Leider nicht, mein Junge.»

«Nennen Sie mich nicht ‹mein Junge›. Ich bin nicht Ihr Junge.»

«Verzeihung», sagt Bienzle, «es wird nicht wieder vorkommen.» Dann wendet er sich an seinen Assistenten: «Holen Sie bitte einen zweiten Wagen; ich will mit dem jungen Herrn noch eine kleine Fahrt machen.»

«Ich will aber nicht», sagt Luzifer.

«Darauf kann ich nun leider keine Rücksicht nehmen», sagt Bienzle; «im übrigen wird es Ihnen gefallen. Jetzt ist es knapp vor drei, in dreieinhalb Stunden geht die Sonne auf.»

«Ich fahr nicht mit», sagt Erwin Pichowiak.

Bienzle lächelt. «Ich könnte Sie wegen Mordverdacht festnehmen. Das will ich aber im Augenblick nicht; ich will mit Ihnen auf die Schwäbische Alb fahren und zuschauen, wie die Sonne aufgeht.»

«Ich komm nicht mit.»

«Ich bitte Sie sehr ernsthaft darum», sagt Bienzle und beginnt sich eine Pfeife zu stopfen.

Haußmann verläßt unmerklich den Kopf schüttelnd die Praxis. Vor dem Haus stehen noch immer Anne Muthesius und Hans Kilper.

«Na, was passiert da oben?» fragt der Hamburger.

«Nichts, absolut nichts . . . Es gibt Tage, da denk ich, der Bienzle ist nicht ganz richtig im Kopf.»

«Was werden Ihre Freunde mit dem radioaktiven Zeug wohl machen?» fragt Bienzle in einem Tonfall, der erkennen läßt, daß er gar keine Antwort erwartet.

Erwin Pichowiak starrt weiter vor sich hin.

«Doktor Steinbach sagt, es sind nur zwei, ein Mädchen und ein junger Mann», sagt Bienzle wie zu sich selbst. Dann schaut er Luzifer scharf an und sagt beiläufig: «Wie alt ist denn die kleine Nutte?»

Gleich darauf lächelt er leise und zufrieden in sich hinein. Erwin Pichowiak sieht ihm zum ersten Mal direkt ins Gesicht, und sein Blick ist voller Haß.

«Entschuldigung; konnte ich ja nicht wissen», sagt Bienzle.

Mit hochrotem Kopf und geballten Fäusten steht Luzifer da, dann stößt er hervor: «Was konnten Sie nicht wissen, Sie mieser Bulle?»

Gleichzeitig zieht Bienzle an seiner Pfeife. «Es tut mir tatsächlich leid; wenn es um Liebe geht, sieht alles gleich ganz anders aus.»

Luzifers Hände öffnen und schließen sich mechanisch.

«Kennen Sie das Mädchen schon länger?» fragt Bienzle freundlich.

«Lang genug», knurrt Luzifer.

«Mein Gott, ist das bei mir lange her», sinniert Bienzle vor sich hin, «die erste Liebe . . . So packt's einen nie wieder. Richtig beneiden könnt ich Sie darum.»

Erwin Pichowiak dreht sich ruckartig um und schaut zum Fenster hinaus. Bienzles Blicke tasten den schiefen Rücken des Jungen ab. Man müßte ihm helfen können, denkt er und klopft vorsichtig seine Pfeife aus.

Sehr nachdenklich sagt er: «Wahrscheinlich werde ich Ihnen den Mord an Kanzleiter nachweisen können, aber glauben Sie ja nicht, daß ich mich darauf freue. Ich glaube sowieso nicht, daß Sie für diese Tat voll verantwortlich zu machen sind.»

Langsam wendet Luzifer den Kopf. Seine Miene hat sich verändert; ein Grinsen verzerrt sein Gesicht. «Aber zutrauen tun Sie mir's, nicht wahr?»

«Ich traue so was jedem zu – Ihnen, mir, Doktor Steinbach . . .»

«Steinbach nicht!» fährt Luzifer dazwischen.

«Glauben Sie mir, wenn man lange genug mit Mördern zu tun hat, kann man niemand ausnehmen. Kaiser, König, Bauer, Bettelmann . . . Manchmal freilich sind die Menschen nicht mehr stark genug.»

«Wie meinen Sie das?»

«Ach, wissen Sie . . . Ich hab eine ganze Menge Mörder kennengelernt. Oder sagen wir mal, ziemlich viele – zwanzig, dreißig vielleicht. Aber ich hab zehnmal mehr Leute getroffen, die wahnsinnig gern einen Mord begangen hätten, aber nicht den Mumm dazu hatten. Ich selbst habe mal vor einem Mann gestanden, ein Gewehr im Anschlag; er hatte mich bis aufs Blut gequält, und ich hatte mir vorgenommen, fest vorgenommen, dem zahl ich es heim . . . Ich hab mich nicht mal getraut, ihm ins Bein zu schießen.»

«Gelaber!»

«Was ich wissen möchte: Warum haben Sie so einen unbändigen Haß auf die Leute im Kernkraftwerk?»

Luzifer schaut den Kommissar nur an.

«Die Leute sind doch ganz nett, und sicher ist Ihr Job dort gar nicht so schlecht.»

Luzifer lacht verächtlich auf.

«Doch, doch, ich bin da ziemlich sicher. Und ich glaube auch, daß ein begabter junger Mann wie Sie dort gefördert wird.»

«Ach, glauben Sie doch, was Sie wollen!»

«Was wissen Sie über den Tod Ihrer Mutter?» fragt der Kommissar unvermittelt.

«Lassen Sie meine Mutter aus dem Spiel.»

«Würde ich gerne tun, aber ihr Tod hat möglicherweise ursächlich mit den Dingen zu tun, die jetzt hier passieren.»

«Unsinn!»

«Haben Sie mal darüber nachgedacht, warum Doktor Steinbach . . . Aber vielleicht wissen Sie das ganz genau!»

«Was weiß ich ganz genau?»

«Nun, warum der Doktor das Spiel so lange mitgespielt hat. Das sieht man doch sofort, daß er erpreßt worden ist.»

«Erpreßt? Sie spinnen!»

«Lassen Sie mich was anderes fragen: Warum, glauben Sie, hat er Sie bei sich aufgenommen? Wenn er das mit allen Kindern von Patienten machen würde, die überraschend zu Tode kommen . . .»

Luzifer ist mit drei schnellen Schritten auf den Schreibtisch des Arztes zugekommen und beugt sich jetzt über die Tischplatte, so daß seine Augen nur wenige Zentimeter vom Gesicht des Kommissars entfernt sind. Er atmet schwer. Seine Augen haben sich zu schmalen Schlitzen verengt. Bienzle sieht, wie in einer immer weiter hervortretenden Ader an der Stirn des Jungen das Blut klopft. Luzifer holt tief Luft, dann schreit er mit einer Stimme, die plötzlich ins hohe Falsett springt:

«Sie sind das größte Schwein, das . . . das . . .» Dann versagt ihm die Stimme.

Bienzle schiebt den Stuhl ein wenig zurück, um etwas mehr Distanz zwischen sich und dem Jungen zu bringen. Dann wiegt er langsam den massigen Kopf, als ob er über den Ausbruch nachdenken müßte. «Kann schon sein, daß ich jetzt was falsch gemacht habe. Aber liegt der Gedanke so fern, daß der Doktor an Ihrer Mutter etwas gutmachen wollte?»

Erwin Pichowiak steht in unveränderter Haltung am Schreibtisch seines Ziehvaters, die Fäuste fest aufgestützt, und starrt den Kommissar haßerfüllt an.

«Vielleicht hab ich ja unrecht», sagt Bienzle begütigend, und dann plötzlich in so schneidendem Ton, daß Luzifer unwillkürlich zurückfährt: «Also antworten Sie mir: Warum hat Doktor Steinbach mitgespielt?»

«Lassen Sie mich in Ruhe!» sagt Luzifer mit brüchiger Stimme.

«Warum hat es Sie so tief getroffen, was ich über den Tod Ihrer Mutter sagte, wenn Sie sich nicht schon selbst Gedanken in der Richtung gemacht haben?»

«Sie sollen mich in Ruhe lassen!»

«Mann, Mann», sagt Bienzle leise und wie zu sich selbst, «kann man einen Menschen für schuldig halten, der soviel Mist erlebt hat und noch so jung ist?» Und nach einer Pause: «Und das Schlimmste kommt noch . . .»

Er weiß nicht, ob Luzifer ihm noch zuhört. Der Junge steht aufrecht und steif am Fenster und hat ihm den Rücken zugewandt.

«Ich könnte mit Ihnen wetten», sagt Bienzle fast beiläufig, «daß Joe und Kathrin mit dem erpreßten Geld abhauen, ohne auch nur noch einen Gedanken an Sie zu verschwenden, Herr Pichowiak.»

Luzifer dreht sich um und lehnt sich gegen die Fensterbank. «Mich machen Sie nicht verrückt. Ich weiß, was ich weiß.»

«Zum Beispiel?»

«Alles, was Sie sagen, ist gelogen», sagt der Junge jetzt mit fester Stimme. «Meine Mutter ist an einem schweren Herzfehler gestorben, und mein Onkel . . . ich meine, Herr Steinbach hat das Menschenmögliche für sie getan. Daß so jemand wie Sie das nicht versteht, ist ja kein Wunder.»

«Hat er Ihnen das erzählt?»

«Ich weiß ganz genau, daß es so war.»

«Okay», sagt Bienzle; «wenn Sie es wissen . . . Aber warum in aller Welt hat sich Doktor Steinbach auf diese Atommüllgeschichte eingelassen? Denn erpreßt worden ist er nach Ihrer Meinung ja nicht.»

Luzifer kämpft mit sich, dann sagt er: «Er wollte etwas gegen den Ausbau des Kernkraftwerks unternehmen.»

«Das verstehe ich.» Bienzle steht auf und geht langsam in der Praxis auf und ab. «Das verstehe ich sogar ganz gut. Aber der Kampf gegen den Ausbau des Werks ist eine Sache, und was Ihre Freunde Joe und Kathrin jetzt treiben, ist etwas anderes. Und kein Mensch kann mir einreden, daß Ihr Onkel, ich meine Doktor Steinbach, damit einverstanden ist.»

Da sagt Luzifer etwas, was Bienzle zutiefst verblüfft: «Was würden Sie alles für eine Million machen?»

Ärgerlich registriert der Kommissar, daß es in diesem Moment an der Haustür klingelt. «Das muß Haußmann sein. Ziehen Sie sich eine warme Jacke an; ich muß doch noch schnell ein paar Worte mit dem Doktor reden.»

Bienzle verläßt den Raum, als Haußmann hereingekommen ist. Haußmann schimpft:

«Noch nie hab ich so einen sprunghaften Typen kennengelernt! Vor einer Viertelstunde hat er den Doktor doch ins Bett geschickt . . .» Aber von Luzifer bekommt der Kriminalassistent keine Antwort.

«Sie verzeihen», sagt Bienzle als er leise die Tür zum Schlafzimmer des Arztes öffnet, ohne vorher anzuklopfen, «ich hätte da doch noch ein paar kleine Fragen.»

Steinbach sitzt in einem Sessel und starrt auf seine Hände, die er zwischen die Knie gepreßt hat. Er trägt einen Morgenrock. «Bitte», sagt er. «Ich habe allerdings zwei Valium genommen und bin vielleicht nicht mehr so voll vernehmungsfähig . . .» Er versucht zu lächeln.

«Herr Steinbach», sagt Bienzle, der breitbeinig vor dem Arzt stehen bleibt und die Hände auf dem Rücken verschränkt, «ich wäre sehr dafür, daß Sie mir in ein paar Punkten völlig Klarheit geben.»

Noch einmal sagt Steinbach mit einer müden Handbewegung: «Bitte . . .»

«Womit haben die beiden Sie erpreßt?»

«Kathrin wußte von ihrem Vater, daß . . .» Steinbach redet nicht weiter.

Bienzle wird ungeduldig: «Sie wußte, daß Sie vor sechs Jahren ein Verhältnis mit Frau Pichowiak hatten, daß Frau Pichowiak rauschgiftsüchtig war und daß Sie aus . . . Na, sagen wir mal, aus Liebe immer wieder ihren Bitten nachgaben und ihr das Zeug verschafften.»

Steinbach nickt, dann sagt er: «Ich hätte sie da rausgeholt, Schritt für Schritt. Ohne dabei ihre Psyche zu zerstören.»

«Wäre das gegangen?»

«Ich hatte es gehofft.»

«Und woran ist Frau Pichowiak gestorben?»

«An einer Überdosis . . .»

«. . . die Sie ihr gegeben haben?»

«*Nein!*» Steinbach schreit plötzlich. «Ich doch nicht!» setzt er dann in normaler Lautstärke hinzu.

«Wer dann?»

«Niemand. Sie hatte sich nach und nach genug zur Seite geschafft, um selber Schluß machen zu können.»

«Gab es eine Untersuchung?»

«Man hat sich . . . Wie soll ich sagen . . .»

«Geeinigt?»

«Nennen Sie es, wie Sie wollen. Keine Klinik kann einen derartigen Skandal gebrauchen.»

«Aha!»

«Ach, spielen Sie doch nicht den Gerechten!»

«Tu ich ja gar nicht. Glauben Sie, daß bei uns nicht auch manchmal was unter den Teppich gefegt wird? Sie hatten Freunde, die . . .»

«Der Chefarzt ist ein Bundesbruder von mir.»

«Und Kathrin hat . . .»

«Zuerst waren das nur zwei nette junge Leute, die mich besuchen wollten, ein bißchen untertauchen, wie sie es nannten. Sie freundeten sich mit Erwin an . . . Er hat kaum Freunde, wissen Sie – ach was, er hat gar keine Freunde . . .»

«Ein Idyll also», sagt Bienzle bitter. «Ein Idyll, bis jemand auf die Idee kam, eine ganze Region mit der Angst vor atomaren Strahlen zu traktieren, um ein paar Millionen zu erpressen.»

«So war's ja gar nicht.»

«Sondern?»

«Es ging darum, die Menschen aufzurütteln, ihnen die Gefahr aufzuzeigen, die ein Ausbau des KKW bringen wird.»

«Verstehe ich das richtig: Sie waren zunächst einverstanden?»

«Ja, ja – das ist es ja!» Steinbach schlägt die Hände vor das Gesicht und beginnt zu schluchzen.

Bienzle sagt, peinlich berührt und ein bißchen angewidert: «Sie werden noch genug Zeit haben, sich zu bedauern . . . Wissen Sie, wo die beiden hin sind?»

Steinbach schaut hoch, öffnet den Mund und schließt ihn wieder, als ob er sich eines besseren besonnen hätte. Dann schüttelt er den Kopf.

Bienzle geht zur Tür. «Sie wissen es, nicht wahr?» fragt er ruhig.

«Nein», sagt Steinbach mit belegter Stimme.

«Wollen Sie noch einen Fehler machen?»

«Ich bin müde. Die Tabletten wirken.»

«Sagen Sie es mir!» beharrt Bienzle.

Resigniert schüttelt Steinbach den Kopf.

Der Kommissar zieht leise die Tür hinter sich ins Schloß.

Schnell springt der Arzt auf und geht zum Fenster. Nach einer Weile sieht er Bienzle mit Erwin Pichowiak das Haus verlassen und in einem VW-Variant davonfahren. Rasch streift er den Morgenrock ab. Er ist darunter komplett angezogen. Aus einem Schrank holt er sich einen grünen Lodenmantel und wirft ihn über. Noch einmal sucht er mit den Augen den Marktplatz ab, dann verläßt er das Zimmer.

11

Anne Muthesius und Hans Kilper haben Bienzle mit Luzifer davonfahren sehen. Dann verläßt Haußmann Doktor Steinbachs Haus, nickt den beiden zu und geht mit schnellen Schritten die Herrengasse hinunter.

«Sieht so aus, als ob die Vorstellung beendet wäre», meint Kilper und stößt sich vom Brunnenrand ab.

«Oder auch nicht: im Treppenhaus ist das Licht angegangen.»

Steinbach öffnet langsam die Tür, steckt den Kopf heraus, schaut vorsichtig nach rechts und links und schlüpft dann auf die Straße. Kilper und seine Begleiterin ducken sich hinter den VW. Durch die Scheiben der parkenden Wagen sehen sie, wie der Arzt in seinen Mercedes steigt.

«Wir fahren ihm nach», flüstert Kilper. Anne drückt ihm die Wagenschlüssel in die Hand.

In schneller Fahrt lenkt Steinbach den Mercedes durch die Herrengasse. Kilper hat Mühe, dem schnellen Wagen zu folgen.

«Das müßte mit dem Teufel zugehen», sagt der Journalist, «wenn er uns nicht bemerken würde.»

Dann haben sie die offene Landschaft erreicht. Die Straße schlängelt sich durch ein hügeliges Waldgebiet. Plötzlich beschleunigt Steinbach sein Fahrzeug. Kilper schimpft: «Lauf schon, du lahme Karre!» Aber es nützt nicht. Schon nach wenigen Minuten sind die Schlußlichter des Mercedes verschwunden.

«Verdammt. Was machen wir jetzt?» knurrt Kilper.

«Ich denke, wir sollten dem jungen Beamten Bescheid sagen; ich habe ein ganz komisches Gefühl . . .»

«Na gut.» Er wendet. «Du denkst, Steinbach fährt den Verbrechern nach?»

«Ich weiß nicht. Er sah so . . . so wild entschlossen aus.»

Kilper lacht leise. «Bei der Beleuchtung willst du das gesehen haben?»

«Ist doch jetzt egal», sagt sie unwillig. «Ich habe nun eben das Gefühl, daß etwas Schlimmes passieren könnte.»

«Nun sei mal nicht gleich so gereizt! Du hast ja recht; ich fahre zum Gasthaus, und wir holen diesen Haußmann aus dem Bett.»

Bienzle fährt langsam die engen Kurven der Albsteige hinauf. Die Nacht ist einer diffusen Dämmerung gewichen. Das Autoradio bringt Dixieland-Musik. Ein langsamer, verschwommener Blues füllt das enge Gehäuse. Luzifer ist auf dem Beifahrersitz in sich zusammengesunken; er hat noch kein Wort gesagt, seit sie losgefahren sind. Der Wagen erreicht die Albhochfläche. Ein weites Plateau tut sich auf, das zum Horizont hin in langgezogenen Wellen übergeht. Holunder- und Schlehenbüsche sitzen vereinzelt in der Landschaft wie hockende Gestalten. Im Gegenlicht der rötlichgelben Dämmerung sind ihre scharfen Konturen wie Scherenschnitte auszumachen. Bienzle biegt in einen Feldweg ein. Rumpelnd klettert der VW einem schmalen Hügelkamm entgegen.

Etwas unterhalb der Höhe hält der Kommissar, zieht die Handbremse an und atmet lautstark aus.

«Kommen Sie», sagt er, «wir gehen ein Stück.»

Erwin Pichowiak steigt widerspruchslos aus. Ohne zu reden stapfen die beiden über den steinigen Boden auf den Kamm zu. Der Junge hinkt mit schnellen, ungleichen Schritten voraus, die letzten Meter rennt er fast. Dann bleibt er plötzlich wie angewurzelt stehen. Vor ihm fällt der Berg steil ab, hinab in eine dunstverhangene Ebene, die gerade aufleuchtet im ersten graurosagoldenen Sonnenlicht.

«Phantastisch!» entfährt es Erwin Pichowiak. Zum ersten Mal hat er den Mund aufgetan.

Bienzle hat ihn erreicht und setzt sich auf einen großen Stein. «Das ist mein Lieblingsplatz», sagt er und duzt plötzlich den Jungen wieder: «Weißt du, oft, wenn ich gar nicht mehr weiß, wie es weitergehen soll, wenn ich in einem Fall nicht weiterkomme und am Verzweifeln bin – dann fahre ich hierher. Meistens allein; manchmal auch mit einem Menschen, der mich interessiert und mit dem ich reden möchte.»

Luzifer kriecht förmlich in sich zurück, und der Kommissar fährt schnell fort: «Man muß aber nicht reden. Hier kann man auch einfach still dasitzen.» Und das tun sie eine lange Zeit.

«Warum machen Sie das?» fragt der Junge plötzlich leise.

Bienzle denkt nach. «Ehrlich, ich weiß es nicht . . . Du wirst es nicht glauben, aber das geht ganz spontan bei mir. Ich komme hier heraus, sitze eine Stunde da, dann fahre ich hinunter nach Kirchheim, geh in einer kleinen Kneipe frühstücken, rede mit den Leuten . . . Ich weiß nicht, was es ist. Oder doch, ich weiß es vielleicht: Eine Stunde hier oben, das ist wie ein paar Tage Urlaub.»

«Komisch.»

«Findest du? Mein Chef sagt das auch. Aber er hat sich mit der Zeit dran gewöhnt.» Bienzle lacht in sich hinein. «‹Der Bienzle ist auf'm Trip›, nennen es meine Kollegen. Und dann halten sie mich alle miteinander für einen Spinner.»

Gemächlich stopft er sich seine Pfeife. Er sieht, wie es in dem Jungen arbeitet, und er weiß, was in ihm vorgeht: sein Haß ist erloschen; er überlegt, ob er sich diesem verrückten Bullen anvertrauen soll, aber sofort denkt er: Genau das ist es, was er will; ich soll weich werden, dafür macht er die ganze Veranstaltung . . .

Er sagt: «Du denkst, daß das eine ganz subtile Art ist, sich an Leute heranzumachen; du denkst, das ist eine fein ausgedachte, ganz raffinierte Falle . . . Tja, da hast du nicht einmal ganz unrecht. Ich will wissen, was mit dir los ist. Es interessiert mich. Nicht nur bei dir, bei vielen . . .»

Beinahe hätte er ‹Mördern› gesagt; er fängt sich noch eben: «. . . bei vielen Menschen, mit denen ich zu tun habe. Und weißt du, wenn man mal aus den Kulissen raus ist, gelingt es auch manchmal.»

«Was gelingt?»

«Es gelingt, den anderen zu begreifen. Ihn zu verstehen.»

Luzifer steht auf und geht nervös auf und ab, kickt gelegentlich mit dem Fuß gegen einen Stein, setzt sich wieder und ist gleich voller Unrast wieder auf den Beinen.

«Sind Sie bewaffnet?» fragt er.

Bienzle schüttelt den Kopf.

«Und wenn ich bewaffnet wäre?»

Bienzle zuckt die Achseln: «Dann würdest du mich wahrscheinlich jetzt bedrohen und mit meinem Auto abhauen . . . Oder auch nicht; wer weiß so was schon?» Er schaut zu dem Jungen hoch, Luzifer hat beide Hände in den Taschen; sein Gesicht ist starr. «Ich *bin* bewaffnet.»

Bienzle lacht in sich hinein. «Einmal», sagt er, als ob er nicht zugehört hätte, «einmal habe ich auf einen Einbrecher mit gezogener Waffe gewartet. Stundenlang. In der Stuttgarter Altstadt. Und was soll ich dir sagen – auf einmal mußte ich ganz dringend pinkeln; ich hatte einen solchen Druck auf der Blase, daß ich mich erst einmal an eine Hausecke stellen und pinkeln mußte. Und genau in dem Moment ist der Typ erschienen, und weg war er . . . Ein paar Tage später habe ich ihn dann doch noch gekriegt. Wenn wir uns heute manchmal begegnen, fangen wir an zu lachen; die Passanten halten uns für verrückt, aber wir zwei wissen, worüber wir lachen – nur wir zwei . . . Er hat mich nie verraten.» Bienzles Bauch wackelt vor Lachen.

«Und wenn ich Sie nun erschieße?» fragt Luzifer schrill.

Bienzle hebt ruckartig den Kopf: «Dann bist du genau der Idiot, für den ich dich nicht halte.» Langsam steht er auf, streckt sich und sagt: «Los, wir schauen mal, ob wir irgendwo schon was zu essen . . .»

Er hält inne, denn er blickt in die Mündung einer Pistole.

«Also doch», murmelt er. «Hätte ich eigentlich nicht gedacht . . .»

«Ich muß Sie erschießen», sagt Erwin Pichowiak.

Bienzle hört sich selber reden: «Ja, mein Junge, wenn du es tun mußt . . .» Gleichzeitig denkt er, was rede ich denn da? Wie komme ich da raus? Mir muß doch etwas einfallen – mir ist doch noch immer etwas eingefallen . . . «Wer sagt eigentlich», hört er sich wieder sagen, «daß du das *mußt*? Dieser Joe?»

Die Waffe in der Hand des Jungen zittert ein wenig. Sein Zeigefinger krümmt sich.

Bienzle sagt: «Glaubst du, daß die Kathrin das für richtig halten würde?» Er weiß, dieser Satz ist ein großes Risiko.

Erwin Pichowiak starrt ihn an wie unter einem Zwang; er kann die Augen nicht von diesem Mann wenden, seine rechte Hand ist verkrampft, fühlt sich pelzig an. Die Stimme ist weit weg. *Kathrin* hat er gesagt. Das weckt Assoziationen, Gefühle, Sehnsucht . . . Seine Hand entspannt sich ein wenig. Was hat der Mann über Kathrin gesagt?

«Glaubst du wirklich, daß Kathrin das will?» wiederholt Bienzle eindringlich. Die Pistole sieht furchtbar groß aus; er kennt das Fabrikat nicht.

Luzifer schüttelt langsam den Kopf. Dann läßt er die Pistole sinken.

Hinrennen, ihm eine verpassen, die Waffe aus der Hand schlagen, denkt Bienzle. Das sind Bewegungsabläufe, die er immer wieder trainiert hat. Statt dessen geht er jetzt langsam auf den Jungen zu, legt ihm den Arm um die Schulter und führt ihn zum Wagen zurück.

Luzifer schiebt die Pistole in die linke Jackentasche.

Bienzle schaltet die Zündung ein; im selben Moment beginnt das Radio zu spielen. Schnell schaltet Bienzle das Gerät aus. Der Wagen rollt ins Tal. Durch ein enges mittelalterliches Tor fahren sie in eine kleine Stadt.

Auf dem Marktplatz bauen Bauern die ersten Stände auf. Blumenfrauen arrangieren ihre Sträuße. Eine von ihnen, eine sehr kleine Frau in einer schwarzen Älblertracht, schürt einen Blechofen unter ihrem primitiven Verkaufstisch.

«Das macht die auch im Hochsommer», sagt Bienzle, und es sind die ersten Worte, die seit dem Zwischenfall gesprochen werden. «Komm, wir steigen aus.»

Er geht zu der Frau hinüber. «Wie geht's immer?» fragt er.

«Ach, Sia send's», sagt die alte Frau. «Wellet Se en Tee?»

«Gern», sagt Bienzle.

Aus einer Thermosflasche füllt das Weiblein zwei Becher und hält sie Bienzle und Luzifer hin. «I han Sia lang nemmer g'seh», sagt die Frau. Bienzle nickt und schlürft den heißen Kräutertee. «Ond wer ischt des?» will sie wissen, indem sie auf Luzifer deutet.

«A Bekannter», sagt Bienzle.

Die alte Frau mustert den Jungen; man sieht ihm die durchwachte Nacht an. «Hent Sia vielleicht Honger?» fragt sie und schenkt ihm Tee nach. Und als Luzifer verlegen nickt, bekommt er ein mächtiges Vesperbrot in die Hand gedrückt. Das geschieht alles so selbstverständlich, daß er sich noch nicht einmal bedankt. Die Alte will auch Bienzles Becher noch einmal füllen.

«Noi, Emma», sagt er; «jetzt müaßt's scho a Viertele sei, wenn i no ebbes drenka dät.»

«Ha no», sagt die Marktfrau, «saufet Sia scho, bevor dr Tag do ischt?»

«I sauf net, i bring mein Kreislauf auf Toura.»

Die Alte lacht lautlos. Ihr Gesicht ist mit Lachfalten plissiert. Bienzle legt ihr für Sekunden den Arm um die Schulter und sagt:

«'s tuat oim emmer guat, amol wieder en Menscha z'treffa; ade

Emma.»

Sie lacht noch immer. «Jo, jo», sagt sie, «ade bis nächscht Johr om viere!»

Luzifer gibt seinen Becher zurück und bedankt sich leise. Der Kommissar steigt wieder in den Wagen und hält von innen die Tür für Erwin Pichowiak auf. Langsam läßt sich Luzifer auf den Beifahrersitz gleiten.

Im selben Moment greift Bienzle rasch in die linke Jackentasche des Jungen und zieht die Pistole heraus. Die abwehrende Bewegung Luzifers kommt zu spät.

«Es ist besser so», sagt Bienzle beiläufig und schiebt die Waffe in seine eigene linke Jackentasche. Er hat Mühe damit, wirklich riesengroß, das Ding. Er kennt das Fabrikat nicht.

«Sie haben es von Anfang an darauf angelegt, mich fertigzumachen», sagt Erwin Pichowiak bitter.

«Falsch.» Bienzle bleibt freundlich. «Alles, was ich mache, richtet sich nicht gegen dich. Aber es kann natürlich auch nicht für dich sein, solange du die Schlüsselfigur in diesem Fall bist.»

Plötzlich lacht Luzifer. «Ich fahre mit Ihnen durch die Landschaft, und Joe und Kathrin machen solang weiter – genau nach Plan . . .»

Hans Kilper, Anne Muthesius und der Kriminalassistent Haußmann stehen unschlüssig vor dem Goldenen Adler, als ein Auto mit quietschenden Reifen in die Hofeinfahrt des Gasthofes einbiegt und abrupt vor ihnen stoppt. Bindernagel springt heraus.

«Wo ist Bienzle?» ruft er aufgeregt.

«Unterwegs», antwortet Haußmann.

«Verdammt!» entfährt es dem Kraftwerksmanager. «Es muß sofort etwas geschehen – die haben angerufen!»

«Wer hat angerufen?» fragt Haußmann.

Kilper greift automatisch nach dem kleinen Notizblock in seiner Jakkentasche.

«Wer, wer . . . Das Rote Bataillon natürlich!»

«Nun mal langsam», sagt Haußmann. «Was haben sie gesagt?»

Bindernagel ringt nach Luft, als ob er den ganzen Weg gelaufen wäre. «Zwei Millionen Mark innerhalb von drei Stunden, oder sie schmeißen das ganze Zeug in die Wasserversorgung einer Großstadt.»

«Einer Großstadt?»

«Ja, einer Großstadt – hören Sie schlecht? Und es hat verdammt ernst geklungen.»

«Weitere Bedingungen?»

«Der Mann sagte, daß er um halb neun wieder anrufen will.»

«Ein Mann; aha . . .» Haußmann weiß einstweilen nicht weiter.

«Jetzt ist es kurz vor sieben Uhr», wirft Kilper ein.

«Noch gut anderthalb Stunden», überlegt Haußmann; «wie denken die sich das . . . Sonst noch was?»

«Ja. Er gibt es an den Süddeutschen Rundfunk und die Deutsche Presseagentur durch.»

Kilper flucht unterdrückt. Haußmann greift durchs Fenster nach dem Hörer des Funksprechgeräts:

«Berta sieben an Berta neun . . .»

«Berta neun», meldet sich Bienzle. Haußmann gibt einen knappen Bericht.

«Zuerst einmal rufen Sie das Präsidium in Stuttgart an: Die sollen verhindern, daß die Meldung im Radio kommt.»

«Okay.»

«Dann fahren Sie mit Bindernagel ins KKW und weichen nicht von seiner Seite. Ich will über alles informiert werden.»

«Kommen Sie denn nicht hierher?» fragt Haußmann entgeistert.

«Nein, vorerst nicht. Ende.» *Knack* – weg ist er.

Von der Kirchturmuhr schlägt es sieben. Kilper sagt:

«Können wir mal die Nachrichten einschalten?»

Bindernagel öffnet die Tür seines Wagens und dreht sein Gerät an. «Wir müssen auf jeden Fall die zwei Millionen beschaffen», denkt er laut.

«Ich muß erst das Präsidium anrufen», sagt Haußmann; «die werden sofort einen Krisenstab bilden . . .» Er greift nach dem Hörer. In diesem Moment kommt Bindernagels Autoradio in Gang:

. . . haben unbekannte Gangster, die sich ‹Rotes Bataillon› nennen und die im Besitz hochgefährlichen radioaktiven Materials aus dem Kernkraftwerk Weihersbronn sind, gedroht, das Trinkwasser einer Großstadt radioaktiv zu verseuchen, wenn nicht binnen drei Stunden zwei Millionen Mark bereitgestellt werden. Das Innenministerium hat auf unsere Anfrage noch keine Bestätigung dieser Meldung, die dem Süddeutschen Rundfunk und der Deutschen Presseagentur zugegangen ist, geben können. Am letzten Freitag hatte ein Journalist auf einer Müllkippe in Weihersbronn radioaktives Material in Gestalt sogenannter Ionenaustauscher gefunden. Die Polizei schließt nicht aus, daß weiteres strahlendes Material aus dem Weihersbronner Kernkraftwerk in fremde Hände gefallen ist. – Wie aus Kreisen der Münchner CSU . . .

Bindernagel schaltet das Gerät ab.

«Kommen Sie», sagt Haußmann zu Bindernagel, «wir fahren; das Präsidium kann ich auch noch von Ihrem Büro aus anrufen.»

Schon sind sie weg. Kilper steht unschlüssig da.

«Was tun wir?» fragt Anne.

«Wenn man nur wüßte, wo die beiden sich versteckt halten . . .»

«Steinbach hat es gewußt, denke ich», sagt sie.

Plötzlich rennt Kilper zu Annes VW. «Die Auersbach!» ruft er. «Die weiß vielleicht etwas . . .»

«Der Herr Doktor praktiziert heute nicht», tönt Frau Auersbachs Stimme aus der Gegensprechanlage an Steinbachs Haus.

«Ich bin es, Hans Kilper – der Journalist aus Hamburg . . . Kann ich Sie einen Moment sprechen, Frau Auersbach?»

Der Türsummer zeigt an, daß die Haushälterin bereit ist, mit ihm zu reden.

«Wir haben wenig Zeit», sagt Kilper, als er Frau Auersbach gegenüber steht. «Die Banditen haben gedroht, eine ganze Stadt zu verseuchen.»

«Das habe ich im Radio gehört.»

«Es geht darum, die beiden zu finden, und wir hatten gehofft, Sie könnten uns vielleicht einen Tip geben.»

«Ich habe keine Ahnung», sagt Frau Auersbach.

«Doktor Steinbach ist heute nacht weggefahren, und wir nehmen an, daß er weiß, wo sich die beiden verstecken.»

«Was sagen Sie da?» Die Haushälterin erschrickt: «Er ist weg? Ich habe ihn zwar noch nicht gehört, aber ich dachte, er schläft, weil er doch ein Mittel einnehmen wollte . . .» Sie humpelt zu Steinbachs Schlafzimmer und klopft.

Keine Antwort.

«Sie können uns glauben, daß er weggefahren ist; wir haben es beide gesehen», sagt nun Anne Muthesius.

«Was ist das für ein Schrank?» Kilper deutet auf ein schmales Möbelstück in der Diele. «Sieht aus wie ein Waffenschrank.»

«Ja, da hat der Herr Doktor seine Jagdgewehre drin.» Frau Auersbach ist noch ein bißchen atemlos vom Treppensteigen.

«Er ist aber ohne ein Gewehr weggegangen», sagt Anne Muthesius.

«Das hat nicht viel zu bedeuten – er hat meistens eins im Kofferraum liegen . . .» Frau Auersbach öffnet den Schrank: «Sehen Sie – hier fehlt eines.»

«Wo hat er seine Jagd?» fragt Kilper.

«Hinter Knappenheim – das ist etwa 30 Kilometer von hier, Richtung Stuttgart.»

«Das hilft uns wenig», sagt Anne Muthesius resignierend, aber Kilper fragt weiter: «Hat er dort eine Hütte oder so etwas?»

«Ja; der Schlüssel hängt . . .» Frau Auersbach hält plötzlich inne, dann sagt sie: «Er ist weg, und der Ersatzschlüssel auch.»

«Na bitte!» sagt Kilper. «Und jetzt beschreiben Sie uns genau den Weg dorthin . . .»

Bienzle fährt langsam aus Kirchheim hinaus. Erwin Pichowiak neben ihm vermeidet es, den Kommissar anzusehen; er schaut stur geradeaus.

«Woher haben Sie eigentlich Ihr . . . Ich meine . . .» Bienzle druckst herum. «Warum hinken Sie?» Er ist wieder beim Sie angelangt.

«Als kleines Kind hatte ich einen Verkehrsunfall.»

«Wer war schuld?» Bienzle stellt die Frage automatisch, ohne viel darüber nachzudenken, aber erzielt damit eine unerwartete Wirkung.

«Das geht Sie gar nichts an!» sagt Luzifer aufgebracht.

Bienzle wirft einen überraschten Blick zu seinem Beifahrer hinüber. «Ihre Mutter?»

«Meine Mutter hatte nie einen Führerschein.»

«Ihr Vater also!» Es ist keine Frage, sondern eine Feststellung. Bienzle schielt wieder zu dem jungen Mann hinüber; es ist gut zu erkennen, wie er versucht, seine Erregung niederzukämpfen.

«Kam er dabei ums Leben?»

Der Junge nickt.

Bienzle läßt den VW ausrollen, zieht die Handbremse an und wendet sich Erwin Pichowiak zu. «Wie wär's, wenn Sie mir mal Ihre komplette Geschichte erzählen würden?»

«Das könnte Ihnen so passen.»

«Na, viele Geheimnisse gibt's ja wohl kaum mehr . . . Ich kenne die tragischen Ereignisse um Ihre Mutter – der Doktor hat übrigens heute nacht dazu noch einiges gesagt, aber Sie würden es mir ja doch nicht abnehmen. Ich weiß, daß Sie ständig Probleme mit Ihren Vorgesetzten im Werk hatten, daß Sie unter den jungen Leuten in der Stadt ziemlich isoliert waren. Jetzt habe ich erfahren, daß Ihr Vater bei einem Verkehrsunfall ums Leben kam . . . Ich kann die Steinchen des Puzzlespiels schon zusammensetzen. Im Werk sagen sie, Sie seien technisch hochbegabt, aber menschlich unzugänglich, abweisend, hochnäsig und – ich zitiere – aufsässig . . .»

Luzifer will etwas sagen, aber Bienzle fährt fort: «Ich kann mir das alles gut vorstellen. Jemand, der immer benachteiligt wird, auf dem die andern rumtrampeln und über den sie sich lustig machen, der hat nur zwei Möglichkeiten: entweder er kuscht, paßt sich an, läßt sich das Rückgrat brechen – oder er geht in Opposition . . . Sie sind den zweiten Weg gegangen, und das finde ich durchaus imponierend.»

«Ich laß mich von Ihnen nicht einwickeln», sagt Luzifer trotzig.

«Meine Aufgabe ist es nicht, Sie einzuwickeln, sondern Ihnen gegebenenfalls Handschellen anzulegen», sagt Bienzle nüchtern. «Und ich muß natürlich auch verhindern, daß ihr drei Heldenfiguren das Leben von ein paar hunderttausend Menschen aufs Spiel setzt . . . Die ganze Aktion ist für Ganoven eures Typs ein paar Hutnummern zu klein, wissen Sie.»

«Das werden wir ja sehen.»

«Ja, das werden wir. Bestimmt sogar . . . Übrigens, wo haben Sie eigentlich die Pistole her?»

«Die gehört mir.»

«Gekauft?»

«Ja, als Luftpistole. Und dann hab ich sie umgebaut auf Kaliber 7.65», sagt Luzifer mit sichtlichem Stolz. «Neuer Lauf eingezogen; Schloß und Schlagbolzen von einer alten belgischen Armeepistole . . .» Er wird richtig warm bei dem Thema. «Geht allerdings immer nur ein Schuß rein.» Bedauernd: «Mit dem Magazin und so, da bin ich nicht klargekommen . . .»

«Alle Achtung!» sagt Bienzle anerkennend.

«Das ist doch kein Kunststück!»

«Also, für mich wär's eins, und . . .»

In diesem Moment meldet sich Haußmann über das Funksprechgerät: «Berta sieben an Berta neun – Berta sieben an . . .»

«Was ist?» fragt Bienzle.

«Wir haben so etwas wie eine Spur. Steinbach ist heute nacht klammheimlich losgefahren. Wir haben Grund zur Annahme, daß er die beiden auf eigene Faust verfolgt. Er ist zu seiner Jagdhütte gefahren. Sie liegt im Wald hinter Knappenheim. Die Zufahrt zweigt von der B 29 bei Kilometer 43,8 links ab – in Richtung Stuttgart gesehen.»

«Gut gemacht, Haußmann.»

«Herr Kilper hat das herausgekriegt», sagt Bienzles Assistent bescheiden.

Bienzle knallt den Hörer wortlos auf die Gabel.

Sofort meldet sich Haußmann wieder: «Moment, Chef . . . Was sollen wir machen?»

«Ich fahre hin. Ich bin ganz in der Nähe.»

«Allein?»

«Nein; Erwin Pichowiak ist bei mir.»

«Aber Chef – das ist zu gefährlich! Ich werde das Mobile Einsatzkommando anfordern, und . . .»

«Nichts werden Sie! Bis die vom MEK hier sind, ist d' Katz den Baum nauf . . . Wenn ich Hilfe brauche, melde ich mich.»

«Chef . . .» Haußmanns Stimme klingt beschwörend.

«Ende!» sagt Bienzle und legt auf. Er läßt den Motor an und fährt los. Nach ein paar Minuten schaut er zu Luzifer hinüber. Der kaut an den Fingernägeln.

«Steinbach verfolgt Joe Heusel und das Mädchen. Haben Sie das mitgekriegt?»

Luzifer nickt, ohne ihn anzusehen. «Hm, hm.»

«Glauben Sie, daß er das überleben wird?»

Der Junge fährt entsetzt zu Bienzle herum, starrt ihn aus großen Augen an und bringt kein Wort heraus.

«Wollen Sie mir den Weg zeigen?»

Luzifer nickt langsam und holt tief Luft. «Ja!» sagt er und richtet sich ein wenig im Beifahrersitz auf.

Es ist 7.20 Uhr, als Luzifer zu Bienzle sagt: «Der schmale Weg dort vorn . . . Er führt zur Jagdhütte.»

«Kann man ihn fahren?»

«Ja. Es gibt aber auch einen Fußweg.»

«Okay.» Bienzle läßt den Variant unter die tief hängenden Zweige einer Tanne rollen. «Wie weit ist es?»

«Ein paar hundert Meter.»

«Kommen Sie!» befiehlt Bienzle. «Zeigen Sie mir den Weg.»

«Muß ich?»

«Ja. Und ich würde Ihnen nicht raten, irgendwelchen Blödsinn zu machen.»

Der Weg ist kaum mehr als ein Trampelpfad. Es ist unschwer zu erkennen, daß hier lange niemand mehr gegangen ist. Das hohe, taufeuchte Gras reicht den beiden ungleichen Männern bis über die Knie. Luzifer humpelt mit schnellen Schritten voraus; Bienzle hat Mühe, ihm zu folgen. Achtlos läßt der Junge die Zweige, die er zur Seite biegen muß, um durchzukommen, nach hinten schnellen. Einer trifft Bienzle ins Gesicht wie eine Peitsche. «Verdammt noch mal», schimpft er. Luzifer dreht sich um, sieht, was er angerichtet hat, und grinst. Dann hastet er weiter.

Nach etwa fünfhundert Metern wird der Pfad breiter und mündet schließlich auf einer kleinen Lichtung, die sanft ansteigt, von dunklen Fichten gesäumt. Etwa dreihundert Meter weiter rechts sieht man den Fahrweg, der in einem Bogen zum oberen Rand der Lichtung führt, wo sich eine Blockhütte unter zwei riesigen Tannen duckt. Ein Wagen steht direkt vor der breiten Holztreppe, die zur Giebelseite des Häuschens hinaufführt: Steinbachs Mercedes.

Vorsichtig sucht sich Bienzle einen Weg durch den Wald. Er umrundet die Lichtung und arbeitet sich langsam an die Hütte heran. Luzifer ist weisungsgemäß am Rand der Lichtung stehengeblieben und starrt zu dem Gebäude hinüber. Er muß lange warten, bis Bienzle wieder auftaucht; links von dem Blockhaus kommt er auf allen vieren aus der Fichtenschonung, richtet sich vorsichtig auf und schleicht sich an das Haus heran . . .

Außer dem Rauschen der Bäume hört Bienzle nichts. Die Stille erschreckt ihn. Wieder und wieder hat er überlegt, wie er die drei wohl antreffen würde; am ehesten hatte er eine hitzige Debatte, eine Auseinandersetzung zwischen Steinbach und seinen Erpressern erwartet . . . Jetzt erreicht er die Wand des Blockhauses.

Bienzle bleibt stehen, preßt sich an die Wand und zerrt Luzifers Spezialartillerie aus der Tasche. Mißtrauisch betrachtet er das Ding. Er hat was gegen Waffen; eine Waffe ist kein Argument. Und diese hier sieht so aus, als würden einem beim ersten Schuß die Brocken um die Ohren fliegen. Na, einen zweiten Schuß hatte er ohnehin nicht; er hatte vergessen, Luzifer zu fragen, ob er weitere Munition . . . Moment mal – ist die Kanone überhaupt geladen? Doch, ist sie.

Bienzle schiebt die Pistole unter den Hosenbund, weil sie zu sperrig ist für die Tasche.

Als er dann mit dem Fuß einen Halt auf dem schmalen Betonsockel des Holzhauses sucht, um sich zum Fenster hochzuarbeiten, stellt er fest, daß die Waffe auch zu sperrig ist, um im Hosenbund getragen zu werden. Er nimmt sie zwischen die Zähne, kommt sich albern vor, dankt seinem Schöpfer, daß ihn keiner so sieht und stemmt sich hoch.

Der überraschend große Raum, in dem die Holzstämme ebenso natürlich belassen sind wie an der Außenfront, ist gemütlich eingerichtet. Eine Bank läuft an drei Wänden entlang. Auf dem Boden liegen zwei Felle; um einen niedrigen Tisch stehen ein paar Polstersessel und ein Schaukelstuhl, vor dem Bienzle nur die Rückenlehne . . . Halt – da ist mehr als nur die Rückenlehne: Links ragt horizontal ein Gewehrlauf in den Raum. Da sitzt einer, das Gewehr auf dem Schoß . . . Oder eine.

Vorsichtig läßt sich Bienzle auf den Boden zurückgleiten, geht ein paar Schritte nach rechts und links. Mit den Augen mißt er die Außenwände: der Raum hat schätzungsweise dieselben Maße wie das ganze Blockhaus; wenn es andere Räumlichkeiten gibt, müssen sie im Keller liegen . . . Er zieht sich am Fensterbrett hoch, hält sich mit einer Hand am Laden fest, nimmt Luzifers Schießeisen in die andere und schlägt damit die Scheibe ein. Gleichzeitig brüllt er: «Hände hoch – Polizei!»

Nichts rührt sich.

Oder . . . Wippt der Schaukelstuhl ein wenig?

Eine Falle, denkt Bienzle; dort sitzt eine Attrappe . . . Mit einem gewaltigen Satz hechtet er in ein nahes Gebüsch, verliert die Pistole, prallt mit dem Gesicht gegen etwas Hartes und bleibt reglos liegen.

Nichts rührt sich.

«Ich Idiot!» sagt Bienzle laut. Dann richtet er sich auf und sucht die Pistole. Er findet sie, hebt sie auf und sieht auf einmal rote Tropfen auf dem Boden . . . Blut?

Blut. Sein eigenes. Bienzle legt den Kopf in den Nacken und wartet, bis das Nasenbluten aufhört. Dann schneuzt er sich, stellt fest, daß Hemd, Schlips und Jackett auch etwas abgekriegt haben, murmelt grimmig: «Ach du liab's Kojäckle!» und geht ohne jede Vorsicht um das Haus herum zur Giebelseite.

Er braucht nicht lange zu suchen. Direkt neben dem Mercedes muß ein anderes Auto gestanden haben. Die Reifenspuren sind frisch und gut zu erkennen. Er sieht auch sofort die bogenförmige Spur, die von dem Platz wegführt.

Mit zwei Sprüngen nimmt er die Treppe, stößt die Tür auf und steht Doktor Steinbach gegenüber, der bequem zurückgelehnt in dem Schaukelstuhl sitzt, ein Gewehr über den Knien . . . In der Mitte seiner Stirn ist ein kleines, kreisrundes Loch, aus dem eine schmale rote Spur an der Nase vorbei hinabführt bis zum Mundwinkel. Das Blut ist noch nicht eingetrocknet.

Blut. Schon wieder Blut . . . Bienzle kichert hysterisch; dann nimmt er sich zusammen, tritt widerwillig an die Leiche heran und faßt nach der Hand des Toten: noch warm, stellt er fest. Er läßt die Hand fallen, und der Tote kippt mit dem Oberkörper zur Seite; das Gewehr poltert zu Boden . . . Die Leichenstarre ist also noch nicht eingetreten . . . Bienzle richtet sich auf und fährt im selben Moment herum – direkt hinter sich hat er ein Geräusch gehört.

Luzifer starrt auf Steinbachs Leiche. Sein Gesicht ist wächsern, seine Kiefer mahlen, seine Hände sind zu Fäusten geballt.

«Das wird er büßen!» flüstert er.

«Wer?» fragt Bienzle automatisch.

Aber er erhält keine Antwort. Erwin Pichowiak hinkt in Zeitlupenschritten zu dem toten Mann. «Ich kann ihn nicht einmal mehr um Verzeihung bitten», sagt er tonlos.

Bienzle weiß nicht, was er für den Jungen tun kann. Das einzige, was ihm einfällt, ist die Routineanweisung ‹Bitte berühren Sie nichts, um keine Spuren zu verwischen›, aber die schenkt er sich. Leise geht er zur Tür und tritt auf die Holztreppe hinaus. Gerade rechtzeitig, um den VW auf das Haus zuhoppeln zu sehen.

«Der hat mir gerade noch gefehlt!» murrt er, als Kilper aus dem Wagen springt und auf die Hütte zugerannt kommt.

«Die beiden sind geflohen», ruft er; «sie sind an uns vorbeigerast . . . Sind Sie verletzt, Kommissar?» Er hat das Blut auf Bienzles Kleidung entdeckt.

«Noi, i han mi beim Rasiere g'schnitte», raunzt er. Dann, in Schriftdeutsch: «Haben Sie das Fahrzeug . . .»

«Schwarzer Porsche», unterbricht der Journalist. «Kennzeichen RT-HL 6547.»

«Fahren Sie mich zu meinem Dienstwagen», sagt Bienzle, und dann zu Anne Muthesius, die jetzt langsam aussteigt: «Kümmern Sie sich bitte um den Jungen; er ist drin . . . Steinbach ist tot. Erschossen.»

Tot. Erschossen. Er kann nichts anderes denken als die beiden Wörter. Weiter nichts . . . Wie oft hat er sie schon aussprechen müssen: Tot . . . Erschossen . . . Ja. Und vergiftet, erdrosselt, erstochen, erschlagen – Scheißberuf. Ach ja: verbrüht – mit radioaktivem Dampf verbrüht, von einem sogenannten Mörder, der selbst ein Opfer ist, mehr oder weniger . . . «Scheißberuf!» sagt er laut.

Kilper fragt erstaunt: «Wie bitte?» und stoppt Annes Wagen direkt neben Bienzles Variant.

Wortlos steigt der Kommissar aus und geht auf sein Auto zu. Dann wendet er sich um und sagt widerwillig zu Kilper: «Wenn wir ihn kriegen, ist das wohl Ihr Verdienst . . .»

Im gleichen Moment meldet sich Haußmann über das Funksprechgerät. Bienzle nimmt den Hörer. Haußmann meldet:

«Die haben wieder angerufen. Jetzt verlangen sie außer dem Geld noch einen viersitzigen Hubschrauber mit Pilot.» Bienzle sagt knapp: «Veranlassen Sie das. Und schicken Sie die Spurensicherung zu Steinbachs Jagdhütte; die Gangster haben ihn erschossen. Und lassen Sie nach einem schwarzen Porsche fahnden – Kennzeichen RT–HL 6547; mit dem sind die beiden wohl unterwegs.» Zu Kilper sagt er: «Fahren Sie schon mal zurück zur Hütte, ich komme gleich . . . Ich muß ein bißchen nachdenken.»

Kilper gehorcht stumm.

Was ist denn in den gefahren? denkt Bienzle. Man lernt nie aus . . . Müde lehnt er sich an seinen Wagen, verschränkt die Arme über der Brust und stiert in das dunkle Grün der Fichten.

Tot. Erschossen . . . «Ich werde mich nie dran gewöhnen», sagt er laut.

Wieder meldet sich Haußmann: «Das Innenministerium hat einen Krisenstab gebildet. Die Herren sind eben hier eingetroffen. Man erwartet, daß Sie unverzüglich kommen.»

«So, erwartet man das? Saget Se dene Herra, sia kenntet mich amol kreuzweis . . . Oder nein – sagen Sie lieber, sie sollen einen Fachmann der Bodenseewasserversorgung herschaffen, und zwar – wie war das – ‹unverzüglich›, ja . . . Ich muß sofort wissen, wo man überall Zugang zu der Leitung vom Bodensee nach Stuttgart hat. Ist das klar?»

«Alles verstanden.»

«Gut. Und noch eins: Lasset Se sich von dene Sesselärsch net aus dr Ruhe bringa!»

In diesem Moment mischt sich eine andere Stimme in das Gespräch, eine Stimme, die Bienzle nur zu vertraut ist, seit mehr als zwanzig Jahren. Sein alter Schulkamerad, der jetzige Präsident des Kriminalamtes meldet sich: «Bienzle, jetzt langt's! Du redescht dich noch um Kopf ond Krage.»

«O du liabs Hergöttle vo Biberach, wia hent di d'Mucke verschissa!» entfährt es dem Hauptkommissar Bienzle; dann legt er den Hörer in die Gabel, als wäre es ein rohes Ei.

Er setzt sich in den Wagen und murrt: «Der ischt jo selber inzwischa a Sesselarsch . . .» Aber er ist doch froh, daß Hauser in der Nähe ist und sich offensichtlich um alles kümmert.

Als nach einer knappen halben Stunde die Männer der Spurensicherung kommen, gibt Bienzle knappe Anweisungen. Dann nickt er Luzifer zu, der apathisch auf der Bank sitzt, und sagt:

«Auf geht's, Erwin; wir schnappen uns die zwei!»

Wortlos steht der Junge auf und folgt dem Kommissar. Im Wagen sagt er leise:

«Aber die Kathrin hat damit nichts zu tun . . .» Und zu seinem Erstaunen sagt Bienzle weich:

«Das glaube ich auch, mein Junge.»

Überrascht sieht Erwin Pichowiak zu ihm hinüber. Aber Bienzles Gesicht ist ausdruckslos. Er sagt:

«Von dir beziehungsweise von deinem Wissen hängt es jetzt ab, wie es weitergeht.»

«Das verstehe ich nicht.»

«Joe Heusel droht damit, die Ionenaustauscher in die Trinkwasserversorgung einer Großstadt zu schleusen. Die einzige Großstadt hier herum ist Stuttgart, und Stuttgart bezieht fast sein gesamtes Trinkwasser aus dem Bodensee. Die Leitung geht von Sipplingen, wo das Pumpwerk steht, bis Stuttgart. Wenn ich es recht weiß, gibt es in regelmäßigen Abständen weitere Pumpwerke und Zugangsstollen. An welcher Stelle will Joe seine Drohung wahr machen?»

«Er wird doch das Zeug niemals reinschmeißen. Das Material braucht er doch nur zur Erpressung.»

«Ein Erpresser, der nicht gewillt ist, ernst zu machen, der hat keinen Erfolg. Und ich bin sicher, dieser Joe ist wild entschlossen, alles auf eine Karte zu setzen . . . Das sieht man doch, er muß deinen Onkel kaltblütig niedergeknallt haben, zuerst in Sicherheit gewiegt und dann erschossen!»

«Hören Sie auf!» sagt Luzifer leise und schlägt die Hände vors Gesicht.

Aber Bienzle läßt sich nicht abbringen: «Joe muß doch einen Plan gehabt haben . . . Kennst du diesen Plan?»

Der Junge schüttelt den Kopf. «Joe hat immer gesagt, es genügt, wenn wir das Zeug haben; wir hauen mit dem Geld ab und melden aus einer Telefonzelle, wo die Bull . . . Entschuldigung; wo die Polizei die Ionenaustauscher abholen kann.»

«Scheiße . . . Weißt du wenigstens, wo sich Joe besonders gut auskennt?»

Der Junge schüttelt den Kopf und fängt dafür einen zweifelnden Blick des Kommissars ein. Dann betätigt Bienzle das Funksprechgerät:

«Ich vermute, daß Joe Heusel und das Mädchen im Bereich Tübingen–Reutlingen operieren werden.»

«Warum Tübingen–Reutlingen?» fragt der Junge, als das Gespräch zu Ende ist.

«Weil Joe in Tübingen studiert hat und weil der Porsche eine Reutlinger Nummer hat. Sicher ist das Fahrzeug gestohlen, aber . . .»

«Mit dem Porsche sind die beiden schon gekommen», sagt Luzifer.

«Ach – und wo war er die ganze Zeit?»

«In unserer Garage; deshalb hat mein Onkel . . . hat Doktor Steinbach ja seinen Mercedes auf der Straße abgestellt.»

«Auch so etwas, was unserem kriminalistischen Auge entgangen ist», brummt Bienzle.

«Wo fahren wir eigentlich hin?» fragt Erwin nach einer Weile.

«Nach Weihersbronn, zum Krisenstab.»

«Und dort werden Sie mich dann endlich verhaften?»

«Du wirst mir bei der Aufklärung des Falles helfen und dabei ein bißchen was wiedergutmachen . . . Wir wollen doch sehen, daß es dich nicht gar zu sehr erwischt, nicht?»

«Sie sind ein komischer Bulle», sagt Luzifer.

«Das sagen alle . . .» Bienzle grinst und gibt Gas.

Fasziniert beobachtet Anne Muthesius die Polizeibeamten bei der Spurensicherung, aber Kilper zerrt sie am Jackenärmel: «Komm, wir müssen weiter – sonst verlieren wir den Anschluß!»

So schnell der alte VW es schafft, fahren sie nach Weihersbronn zurück.

«Ich möchte wissen . . .» fängt Anne an und bricht ab.

Kilper macht nur «Hm?»

«Ach, das ist alles scheußlich. Und wenn ich denke, wie es angefangen hat – da waren doch viele Idealisten dabei: Steinbach zum Beispiel, das war doch ein Idealist!»

«Mir scheint», sagt Kilper und schaltet in den dritten Gang zurück, um einen Laster zu überholen, «du schmeißt da verschiedenes durcheinander. Steinbach ist nicht an seinem Idealismus gestorben.»

«Indirekt schon. Die Verbrecher spannen die Idealisten vor. Aber das alles meine ich jetzt gar nicht. Ich meine das, was vorher schon war. Umweltschutz contra Atomkraftwerk . . . Ich möchte einfach wissen, wer recht hat.»

«Mal ganz abgesehen von den ideologisch motivierten Trittbrettfahrern, die es da auch noch gibt: Das möchten wir alle wissen. Da sind Fachleute, die sagen, in soundsoviel Jahren brauchen wir soundsoviel Energie mehr als heute; andernfalls industrielle Rezession, Arbeitslose, Wirtschaftschaos . . .»

«Kenn ich ja alles!» Anne macht eine wegwerfende Handbewegung. «Es gibt aber auch andere Fachleute, genauso qualifiziert, die sagen das Gegenteil, mehr oder weniger. Regierung, Parlament – alle Instanzen, die zu entscheiden haben, ob Kernkraftwerke gebaut werden oder nicht, die können doch nur eine Münze hochwerfen, um zu erfahren, wem sie nun glauben sollen. Die verstehen doch nichts davon . . . Ist eigentlich schon mal jemand auf die Idee gekommen, zu untersuchen, ob man nicht in zehn, zwanzig Jahren auch mit weniger Energie auskommen kann, ohne negative Folgen, meine ich, wenn man schon heute aufhört, mit Energie zu aasen?»

«Oder andere Quellen zu erschließen: Gezeitenkraftwerk, Wind- und Sonnenenergie – ich kenn die Argumente, und ich kann auch nur eine Münze hochwerfen, wie die Politiker.»

«Und wo sie noch nicht einmal wissen, was sie mit dem Abfall machen sollen, hinterher . . . Jetzt sag nicht, Lüneburger Heide, Salzbergwerk, absolut sicher! Woher wissen die so genau, daß es da nie Erdbeben gibt? Bloß weil ein paar Millionen Jahre lang keine stattgefunden haben? Die sagen Arbeitsplätze und wissen noch nicht einmal, ob sie nicht eines Tages Friedhofsplätze brauchen!»

«Der Leitartikel ist schon mehrfach geschrieben worden, Frau Kollegin», sagt Kilper. «Das Dumme ist nur, daß eine schlüssige Beweisführung nicht möglich ist – so rum nicht, und andersrum auch nicht . . .»

Den Rest des Weges schweigen sie.

Vor dem Kernkraftwerk hat sich eine riesige Menschenmenge versammelt. Kamerateams von ARD und ZDF sind aufgefahren und haben ihre Stative auf den Dächern der Übertragungswagen installiert. In vielen Gruppen wird heftig diskutiert. Schon tauchen wieder vereinzelte Transparente auf; einige junge Leute versuchen sich in Sprechchören, die aber ohne Resonanz schnell wieder verebben. Ein Rundfunksprecher kommt auf Kilper zu und ruft:

«Moment, Herr Kollege – können wir schnell ein Interview machen?»

«Nur zu gern», gibt Kilper offen zu, «aber nicht jetzt. Ich habe eine wichtige Mitteilung für die Polizei.» Er geht weiter und zieht Anne mit sich fort.

«Was denn für eine Mitteilung», fragt Anne Muthesius leise.

«Gar keine. Aber wir müssen doch rein in die Festung, oder?»

Sie hat es schon aufgegeben, sich über Kilpers Schlitzohrigkeit aufzuregen. Getreulich marschiert sie hinter ihm her, als er sich ziemlich grob eine Gasse bahnt, sich am Pförtner mit den Worten «Kommissar Bienzle erwartet mich; ich komme direkt vom Tatort!» einfach vorbeischiebt und im Verwaltungsgebäude des Kernkraftwerks verschwindet.

«Wenn man nur die Hälfte von dem wüßte, was der Kilper weiß!» schimpft ein dpa-Reporter hinter ihm her. Im Konferenzsaal des Kraftwerks, den Kilper ungeniert betritt, beherrschen dunkle Anzüge und gedeckte Krawatten das Bild.

«Wer sind Sie?» fragt an der Tür ein junger Beamter. «Ein Mitarbeiter Bienzles», sagt Kilper und fügt dann lächelnd hinzu, «wenn man so will.»

Bienzle steht am Kopfende des langen Konferenztisches und blickt mürrisch auf die Versammlung. Ein älterer soignierter Herr sagt: «Meine Herren, darf ich nunmehr endlich um Ihre Aufmerksamkeit bitten ... Herr Hauptkommissar Bienzle wird uns ins Bild setzen.»

Ein Mann neben Bienzle gibt dem Kommissar einen Rippenstoß. «Das muß sein Chef sein», flüstert Kilper Anne Muthesius zu, die in seinem Windschatten ebenfalls den Konferenzraum geentert hat.

Bienzle räuspert sich, dann sagt er: «Da ist nicht viel ins Bild zu setzen. Die beiden Ganoven, Joe Heusel und Kathrin Steinbach, sind mit einem Porsche, dessen Nimmer wir haben, und vermutlich mit sechs radioaktiv verseuchten Ionenaustauschern auf dem Weg zu einer Stelle, von der aus sie das Trinkwasser vergiften können. Wir haben gewisse Vermutungen, aber keinerlei Hinweise, wo sie die Voraussetzungen für ihre Erpresseraktion schaffen wollen.»

Einen Augenblick lang herrscht Stille, denn Bienzle hat sich abrupt hingesetzt.

Ein hochgewachsener, drahtiger Mann mit einer schmalen Nase und erstaunlich dünnen Lippen erhebt sich und sagt: «Ich bin Ministerialdirektor Müller vom Innenministerium, und ich muß sagen, daß ich noch niemals eine derart dürftige Unterrichtung erfahren habe.»

«Ich bitte Sie», sagt Präsident Hauser, Bienzles Chef, «wir werden Sie natürlich noch ausführlicher ...»

Da schlägt Bienzle krachend mit der Faust auf den Tisch. «Nichts werden wir. Ich habe einen Mörder zu finden, und ich muß verhindern, daß derselbe Mann ein paar Millionen Menschen kaputtmacht – da ist ein Palaver das letzte, was uns nützt. Was Sie wissen müssen, haben Sie erfahren. Und jetzt will ich sofort einen Mann von der Bodenseewasserversorgung hier sehen, und zwar mit einer genauen Karte und exakten Kenntnissen darüber, wo die Leitung zugänglich ist.»

«Also, das ist unerhört!» ereifert sich der Ministerialdirektor.

«Jetzt will ich Ihnen mal was sagen», fährt ihn Bienzle patzig an, «wenn mir des net schaffet, daß koi Oglück passiert, no kennet Sia mich hinterher frischtlos nausschmeißa!» Und dann wird er laut und hochdeutsch: «Aber solange ich die Untersuchung führe, habe ich hier das Sagen.»

«Dann muß man eben dafür sorgen, daß er die Untersuchung nicht mehr führt», sagt der dünnlippige Bürokrat.

«Also, wo ist der Mann von der Bodenseewasserversorgung?» fährt Bienzle dazwischen. Ein glatzköpfiger, kugeliger Mittvierziger meldet sich eifrig.

«Gut», sagt Bienzle; «wir zwei gehen jetzt in ein Zimmer, wo's ruhig ist, und lassen die Herren hier weiter diskutieren.» Dann marschiert er auf die Tür zu, bleibt kurz bei Kilper stehen und knurrt: «Sie könnet mitkomma ...» Suchend sieht er sich um: «Herr Pichowiak?» Luzifer meldet sich schüchtern und hinkt hinter dem Kommissar her. Das aufgeregte Stimmengewirr ist noch durch die geschlossene Tür zu hören.

Anne Muthesius, die sich ebenfalls angeschlossen hat, legt Bienzle sanft ihre Hand auf den Arm: «Werden Sie jetzt Schwierigkeiten bekommen?» fragt sie besorgt.

«Schwierigkeiten ist gar kein Ausdruck. Der arme Hauser! Irgendwann wird er mich mal nicht mehr raushauen können – vielleicht ist es gerade jetzt soweit. Aber was zählt das schon!»

Sie haben sich in Bindernagels Büro zurückgezogen. Der Wasserbauingenieur, der sich als Dr. Härtlinger vorstellt, entpuppt sich als exzellenter Kenner der Wasserversorgungsanlagen und gibt seine Auskünfte knapp und ohne Schnörkel. Bienzle ist ihm sichtbar dankbar dafür.

«Hier», sagt Dr. Härtlinger, «sehen Sie, auf dieser Höhe zwischen Waldenbuch und Dettenhausen im Gewann Braunacker, da ist eine Pumpstation, die leicht zugänglich ist. Daneben ist eine Wiese; da kann ohne weiteres ein Hubschrauber landen . . . Also, wenn ich dieser Heusel wäre – dort würde ich es versuchen.»

«Ist denn die Station nicht gesichert?»

«Na ja, die hat natürlich Stahltüren wie alle anderen auch, aber die kriegt man im Zweifel auf. Also, ich würde mir das zutrauen.»

Bienzle reißt die Tür auf und brüllt in den Flur: «Haußmann!» Als sich nichts rührt, geht er die wenigen Schritte über den Korridor, reißt die Tür zum Konferenzsaal auf und brüllt in das Stimmengewirr hinein noch einmal: *«Haußmann!»* Sein Assistent wieselt um den Tisch herum und meldet sich.

«Mitkommen», sagt Bienzle und knallt die Tür wieder zu.

«Jetzt passen Sie mal genau auf» . . . Bienzle unterbricht sich selbst, dann sieht er Kilper scheel von der Seite an: «Sagten Sie nicht, Sie seien ein Mitarbeiter von mir?»

«O verdammt! Haben Sie das gehört?»

«Man hat es mir zugetragen . . . Also: mein Mitarbeiter Kilper und Sie, Haußmann, fahren sofort los, genau zu dieser Stelle . . .» Bienzle deutet auf den Punkt, den Dr. Härtlinger gerade mit einem Bleistift eingekreist hat. «Ich kann so auf Verdacht nicht ein ganzes Kommando hinschicken.»

Anne Muthesius ist entsetzt: «Das kannst du nicht machen!» sagt sie zu Kilper; «wer weiß, was dir da alles . . .»

«. . . passieren kann?» Bienzle starrt sie einen Moment böse an, dann sieht er zu Kilper hinüber: «Keiner weiß das, Herr Kilper. Und ich kann und will Sie selbstverständlich nicht zwingen.»

Kilper grinst. «Keine zehn Pferde könnten mich davon abhalten. Gehen wir.» Er gibt Anne Muthesius einen flüchtigen Kuß auf die Wange und verläßt hinter Haußmann den Raum. Als das Mädchen zornig sagt: «Du rücksichtsloses Scheusal!» hört er es schon nicht mehr.

Der Polizeipräsident Hauser betritt mit sorgenvoller Miene den Raum. «Diesmal bist du zu weit gegangen, Ernst», sagt er zu Bienzle.

Der Kommissar achtet nicht darauf, sondern fragt geschäftsmäßig: «Ist das Geld bereitgestellt?»

Hauser nickt.

«Gut», sagt Bienzle, «jetzt müssen wir auf den nächsten Anruf warten».

«Wo ist Haußmann?»

Bienzle weicht aus: «Er muß was für mich recherchieren.»

«Was?» fragt Hauser.

«Laß gut sein; es ist besser, wenn du es nicht so genau weißt.»

«Bienzle, Bienzle ...» Hauser schüttelt den Kopf; dann wird er dienstlich: «Ich kann Ihre Eigenmächtigkeiten nicht mehr tolerieren. Ich selbst übernehme ab sofort die Leitung dieses Falles.»

Bienzle steckt beide Daumen in den Hosenbund und geht zu Hauser hinüber. Dicht vor ihm bleibt er stehen: «Herr Präsident», sagt er, «es gibt zwei Möglichkeiten: entweder ich bleibe mit dem Fall betraut – dann haben wir hoffentlich in zwei oder drei Stunden die beiden Täter. Oder ich gebe ihn ab – dann braucht ein anderer Kollege oder brauchen Sie fünf Stunden, um sich einzuarbeiten.» Er dreht sich um, geht zu dem Fenster, das noch immer nicht repariert ist, blickt auf den Hof hinaus und sagt: «Das ist eine realistische Einschätzung. Und noch eins: I ben praktisch seit ... seit ... I woiß net seit wieviel Stond i net aus meine Kleider komma ben, do hent andere no lang ihre Ärsch in de Betta g'habt, als i hier g'schuftet han wia a Dackel.» Bienzle dreht sich wieder um, sein Gesicht ist aschgrau und müde. «I kriag dia zwoi, ond wenn I's ganz alloi mache muaß!»

«Jetzt hör mir doch wenigstens mal zu ...»

«Noi!» sagt Bienzle, «morga wieder.» Und im gleichen Moment klingelt das Telefon. Bienzle hebt ab. Die Stimme der Telefonistin klingt sehr erregt: «Er ist wieder dran!»

«Sehr gut», sagt Bienzle; «durchstellen!» Er drückt auf den Aufnahmeknopf des Bandgerätes, das installiert worden ist. Dann ruft er: «Hallo? Hier Kriminalhauptkommissar Bienzle ...»

«Sie wissen, wer hier spricht», sagt Joe am anderen Ende.

«Ich denke, ja», sagt Bienzle, und seine Stimme klingt sehr ruhig dabei.

«Also, dann hören Sie gut zu: Der Koffer mit dem Geld wird in einen Hubschrauber gepackt. Der Pilot fliegt allein, ist das klar?»

«Klar.»

«Der Pilot bekommt ein Walkie-Talkie mit, Frequenz 82 Hertz, verstanden?»

«Das braucht aber Zeit; wir müssen das Ding beschaffen», sagt Bienzle.

«Zwanzig Minuten, nicht länger ... Er startet um 10.45 Uhr und fliegt allein und ohne jegliche Begleitung in der Luft oder am Boden nach Reutlingen. Dort kann er unterhalb der Achalm landen. Ab 11.20 Uhr hat er das Walkie-Talkie in Betrieb, und zwar auf Sendung, damit ich alles hören kann. 11.30 Uhr schaltet er auf Empfang und bekommt von mir weitere Angaben. Alles klar?»

«Sicher», sagt Bienzle. «Bleibt noch die Frage, was passiert, wenn wir nicht darauf eingehen?»

«Dann kriegen eineinhalb Millionen Leute radioaktiv verseuchtes Trinkwasser. Ist doch ganz einfach.»

«Aha», sagt Bienzle; «und wie bekommen wir die Ionenaustauscher?»

«Übergabe gegen Bares», sagt Joe und lacht leise. Dann hört Bienzle nur noch ein Knacken.

Hauser will etwas sagen, aber er kommt nicht dazu. «Können wir um 11.20 Uhr den Durchfluß des Wassers stoppen?» fragt Bienzle Dr. Härtlinger.

«Technisch ist das machbar, aber bedenken Sie, was es bedeutet, wenn eine ganze Region ...»

«Und was bedeutet es, wenn eine ganze Region verseuchtes Trinkwasser hat?»

«Na ja ...» sagt Härtlinger hilflos.

«Also, veranlassen Sie bitte alles Nötige.» Härtlinger nickt und verläßt den Raum.

«Wir müssen die Bevölkerung aber unterrichten», sagt Hauser.

«Ja, klar. Aber nur darüber, daß es kein Wasser gibt – nicht *warum* es kein Wasser gibt.»

«Nach den Meldungen, die heute durchs Radio gegangen sind, kann sich jeder halbwegs intelligente Mensch zusammenreimen, was hinter einer solchen Meldung ...»

Ein uniformierter Polizist kommt herein, meldet sich militärisch zakkig und sagt: «Der gesuchte Porsche ist in der Gegend von Echterdingen gefunden worden. Keine Spuren.»

«Gut», sagt Bienzle, «aber ich will den Standort genau wissen. Können Sie den hier eintragen?» Er deutet auf Härtlingers Karte.

«Jawoll», sagt der Uniformierte und zeichnet mit einem Bleistift ein Kreuz.

«Interessant», sagt Bienzle. «Das ist nur wenige hundert Meter nach der Unterquerung der Autobahn; links geht die Straße nach Reutlingen, geradeaus die B 27 nach Tübingen. Aber es verwirrt uns nicht, lieber Joe, daß du vor der Gabelung das Auto wechselst.»

«Was soll denn das bedeuten?» fragt Hauser.

Härtlinger kommt wieder herein. «Ist es denn nicht möglich, daß ein Elektronikfachmann ortet, wo dieser Joe mit seinem Walkie-Talkie steht?»

«Sicher, wenn er lange genug spricht», sagt Bienzle; «eben am Telefon hat's nicht funktioniert mit der Fangschaltung, sonst wüßt ich's schon. Und ein Walkie-Talkie durch Peilung finden – ich versteh nicht viel davon, aber . . . Ist ja auch egal: Er muß dem Piloten ja sowieso angeben, wo er landen soll.»

«Das ist richtig», sagt Härtlinger; «aber da gibt es noch etwas, was ich nicht verstehe: Mit dem Hubschrauber kann er doch gar nicht gut fliehen; den kann man doch zu jeder Zeit beobachten.»

Bienzle schaut den kleinen kugeligen Mann voller Hochachtung an. «Sie haben völlig recht», sagt er. «Lassen Sie uns doch mal überlegen, wie wir an deren Stelle verfahren würden . . .»

«Also dazu fehlt mir die Ruhe!» sagt Hauser griesgrämig und verläßt den Raum. Von Bienzles Ablösung ist nicht mehr die Rede.

«Ja, also . . .» Bienzle geht langsam auf und ab. Die anderen schauen zu. Keiner sagt etwas.

Plötzlich sagt Luzifer: «Mopeds.»

«Wie bitte?» fragt Bienzle.

«Ich habe sie mal von Mopeds sprechen hören.»

«Das ist ein Ding!» Bienzle läßt sich in einen Sessel fallen. «Der Hubschrauber landet, Joe nimmt das Geld entgegen, schnallt den Koffer auf ein Moped – und ab durch die Mitte . . . Mit so einem Ding kommt man tatsächlich praktisch überall durch. Wenn er auf schmalen Waldwegen fährt – und sicher hat er schon eine Route ausbaldowert –, kann er weder in der Luft noch mit einem Auto verfolgt werden, auch die schweren Polizeimaschinen nützen da nicht viel . . .» Er wendet sich an den Uniformierten: «Können Sie uns mal eine Wanderkarte vom Schönbuch beschaffen? Und noch was: Habt ihr bei der Schutzpolizei nicht ein paar Motocross-Fahrer?»

«Doch, jawoll», sagt der Polizist stolz. «Sieben Mann aus der Motorradstaffel sind sogar bei der Tourist Trophy mitgefahren.»

«Na bitte!» Bienzle lächelt. «Die brauche ich, Hauser muß das veranlassen.» Damit stapft er aus dem Zimmer.

«Wie spät ist es?» fragt Luzifer.

Anne Muthesius schaut auf ihre Uhr: «Kurz nach halb zehn.»

Bienzle und Hauser kommen zurück, als eben das Telefon läutet. Der Kommissar nimmt ab und sagt nach kurzem Zuhören:

«In Ordnung. Schärft dem Piloten ein, er soll auf alles eingehen, was der Heusel verlangt. Kein Risiko . . . Ach geben Sie mir doch den Mann am besten mal selber.» Nach einer kurzen Pause spricht Bienzle weiter: «Sie sind der Pilot? Ausgezeichnet. Hören Sie zu: von Ihnen hängt alles ab. Gehen Sie keinerlei Risiko ein; dieser Kerl ist zu allem . . . Wie bitte? . . . Nein, ich bin ziemlich sicher, daß die beiden nicht als Passagiere mitfliegen wollen . . . Ja. – Noch eins: Es könnte sein, daß wir zwei Leute vor Ort haben. Lassen Sie sich nichts anmerken, auch wenn Sie sie erkennen sollten, klar? . . . Na, dann Hals- und Beinbruch!» Bienzle legt auf.

«Zwei Leute vor Ort, was soll das heißen?» erkundigt sich Hauser.

«Ach, nichts», sagt Bienzle schnell und wechselt sofort das Thema: «Wird es die Motorradstaffel schaffen?»

«Ich denke schon. Es sind nur 24 Kilometer bis zu dem angegebenen Ort . . . Wenn das mal bloß der richtige ist.»

«Es ist wie in der Lotterie», sagt Bienzle, «aber den Versuch muß man doch machen. Wichtig ist nur, daß sie nicht allzu nahe herangehen. Wir müssen den Piloten noch anweisen, daß er vor der Landung die Maschine noch mal weit hochzieht, damit die Kollegen wenigstens einigermaßen einen Anhaltspunkt haben.»

«Okay», sagt Hauser knapp. «Ich fliege jetzt nach Reutlingen; der andere Hubschrauber muß gleich da sein. Willst du nicht mitkommen?»

«Nein, ich bleibe hier für den Fall, daß er sich noch mal . . . Das wird er schon sein.» Wie auf ein Stichwort hat das Telefon geklingelt. Bienzle nimmt ab, meldet sich und hört eine Weile schweigend zu. Das Tonband läuft mit.

«Jetzt muß ich Ihnen etwas gestehen», sagt Bienzle, und er lacht sogar ein bißchen dabei, «auf diese Idee sind wir in der Hitze des Gefechts gar nicht gekommen . . . Aber natürlich haben wir ein paar andere Tricks; wir werden Sie schon schnappen, keine Sorge . . .»

«Der plaudert mit dem, als ob's ein alter Kumpel wäre», ereifert sich Hauser.

«Mein lieber Herr Heusel», sagt Bienzle, und Hauser schlägt sich mit der flachen Hand vor die Stirn, «. . . was Sie da vorhaben, das ist so aberwitzig, daß man's schon fast genial nennen könnte. Aber Sie haben einen großen Fehler gemacht, als Sie sich zwei Morde und einen Mordversuch aufgehalst haben. Und das noch ohne eigentlichen Grund . . . Macht es Ihnen eigentlich Spaß, zu töten?»

Hauser starrt den Kommissar an, als ob er verrückt geworden wäre.

«Nein, ich rede nicht so lange mit Ihnen, damit wir rausbekommen, von wo Sie telefonieren; das wäre in der augenblicklichen Lage sinnlos. Beantworten Sie doch mal meine Frage . . . Nein, nein, Sie allein tragen die Verantwortung, auch für Kanzleiters Tod, da gibt es gar keinen Zweifel . . . Na gut, versuchen Sie es; ich sage Ihnen, Sie werden es nicht schaffen!» Damit legt er auf.

Hauser bullert los: «Wie redest du denn mit diesem Gangster? Hast du eigentlich mit dem schon mal Schweine gehütet?»

Bienzle lächelt: «Wenn ich mich nicht irre, Herr Präsident, dann stammt der Satz von dir, daß man einen Mörder um so leichter fängt, je besser man ihn kennt.»

«Ach, mach doch, was du willst!» schimpft Hauser ungnädig.

«Aber Karl, das mach ich doch sowieso», sagt Bienzle.

Hauser geht zur Tür, dreht sich aber noch mal um und fragt: «Auf welche Idee sind wir eigentlich nicht gekommen?»

«Einen Sender in den Geldkoffer einzubauen. Joe sagt, es nützt nichts, weil er das Geld umpackt.»

«Na ja . . .» Hauser macht die Tür hinter sich zu.

Bienzle läßt sich in Bindernagels Chefsessel sinken, schaut zu Anne Muthesius hinüber und sagt: «Wenn wir jetzt ein paar belegte Brötchen und einen Kaffee hätten . . .»

«Ich schau mal», sagt sie.

«Da brauchen Sie nicht weit zu gehen. Wie ich den Laden so kenne, werden den Herren vom Krisenstab allerlei kleine Aufmerksamkeiten gereicht, vielleicht können Sie dort etwas organisieren.»

12

Haußmann und Kilper melden sich über Funk. «Wir haben den Waldweg erreicht», sagt Haußmann, als er nach zwei Zwischenschaltungen Bienzle am Gerät hat.

Der Kommissar unterrichtet ihn über die Vorgänge der letzten eineinhalb Stunden. «. . . und spielen Sie ja nicht die Helden», sagt er. «Sie sollen die beiden beobachten, wenn sie sich überhaupt dort zeigen, und nicht festnehmen . . . Ist das klar?»

Haußmann bestätigt und legt auf.

«Glauben Sie die Geschichte mit den Mopeds?» fragt Kilper.

«Ach, wissen Sie, der Kommissar hat so etwas wie einen sechsten Sinn . . . Vielleicht kann man es auch Instinkt nennen. Ich bin zum Beispiel ziemlich sicher, daß die beiden hier auftauchen werden, obwohl man das ja wirklich nur entfernt vermuten kann.»

«Wie weit haben wir's noch?»

«Maximal zwei Kilometer», sagt Haußmann. «Aber wir müssen durch den Wald, um nicht entdeckt zu werden.»

«Na dann», sagt Kilper, «es ist schon halb elf.» Der Weg ist mühsam; dichtes Unterholz erschwert das Vorwärtskommen. Es ist schon kurz nach elf, als sie durch die Bäume das weißgekalkte flache Gebäude der Pumpstation erkennen. Haußmann kriecht auf dem Bauch bis zum Waldrand vor. Ein Holzstoß gibt ihm Deckung.

«Nichts zu sehen», flüstert er.

«Warten wir eben», sagt Kilper halblaut und sucht sich einen weichen Platz im Moos.

Lange kann er sich freilich nicht ausruhen. Ein weißer Renault R 4 kommt, eine mächtige Staubfahne hinter sich herziehend, in schneller Fahrt den Waldweg entlang. Haußmann schaut automatisch auf die Uhr.

«11.18 Uhr», sagt er.

Kilper notiert die Zeit in seinem Block.

Der R 4 fährt mit unverminderter Fahrt an dem Gebäude vorbei, bremst erst fünfhundert Meter weiter und wird unter eine dichte Baumgruppe manövriert.

«Scheiße, ein Fernglas müßte man haben», schimpft Haußmann.

«Was machen die denn da?» Kilper streckt den Kopf weit vor.

«Der Bienzle kann einem wirklich unheimlich werden», sagt Haußmann, «das sind tatsächlich Mopeds.» Joe und Kathrin sind ausgestiegen und haben die hintere Tür des kleinen Wagens hochgeklappt. Sie ziehen zwei Mopeds und ein großes Paket heraus. In langsamer Fahrt nähern sie sich mit ihren Mopeds der Pumpstation, fahren noch einmal daran vorbei und suchen die Gegend mit den Augen ab. Dann kehren sie zurück. Joe steigt ab, während Kathrin, mit einem Bein abgestützt, sitzen bleibt. Joe geht auf die Stahltür zu und zieht einen Schlüssel aus der Tasche.

«Da stimmt wirklich alles!» sagt Haußmann bewundernd. Joe öffnet die Tür, dann geht er zu seinem Moped zurück und holt das unförmige Paket. «Wahrscheinlich die Bleischürzen des Doktors», sagt Kilper.

«Ich könnte ihn von hier aus vielleicht kampfunfähig schießen», flüstert Haußmann.

«Sie haben doch Ihre Anweisungen.»

Haußmann nickt. «Eine Organisation ist das», schimpft er dann; «der Kerl hat ein Walkie-Talkie; wenn ich auch eines hätte . . .» Er läßt den Satz in der Luft hängen.

Der Pilot schaltet sein Gerät auf Empfang. Es ist genau 11.30 Uhr. «Pilot bitte kommen», hört er und geht wieder auf Sendung: «Ich höre.» Neben ihm steht Hauser.

«Passen Sie genau auf», sagt Joe. «Sie starten in drei Minuten, fliegen genau östlich, bis Sie unter sich die Bodenseewasserleitung sehen.»

«Und wie erkenne ich die?»

«Lassen Sie den Quatsch; als Flieger wissen Sie das genau: eine gerade Linie, eine Schneise, die nicht zu übersehen ist . . . Wenn Sie diese Linie erreicht haben, gehen Sie auf achtzig Meter runter und folgen ihr in nördlicher Richtung – also Richtung Stuttgart. Verstanden?»

«Alles klar.»

«Sie bleiben mit mir in Verbindung; ich sehe Sie kommen und gebe Ihnen dann den Befehl zum Landen.»

«Ich soll fliegen und das Walkie-Talkie bedienen?»

«Sag ich doch . . . Mann, was soll das Kasperltheater! Machen Sie keinen Scheiß – ich habe die sechs Päckchen hier.»

Hauser nimmt dem Piloten das Walkie-Talkie aus der Hand: «Sie bekommen das Geld.»

«Wer spricht da?»

«Polizeipräsident Hauser.»

«Und wo ist Bienzle?»

«Ich wüßte nicht, was Sie das angeht.»

«Der Hund ist mir zu raffiniert; ich will sofort eine Verbindung mit ihm.»

«Das geht nicht, er sitzt im KKW in Weihersbronn.»

«Na wenn schon. Rufen Sie ihn über Funk und halten Sie das Walkie-Talkie dran.»

Nach zwei Minuten meldet sich Bienzle. Seine Stimme klingt völlig verzerrt.

«Ja, was ist?» fragt er unwirsch.

«Sichern Sie mir zu, daß alle Abmachungen eingehalten werden?» fragt Joe.

«Nichts sichere ich Ihnen zu. Ihr Spiel läuft, und wir spielen mit – das ist alles.» Bienzle legt auf.

«Scheißbulle», sagt Joe. Dann: «Also, fliegen Sie los; nach meiner Berechnung sind Sie in zwölf Minuten da. Und wenn Sie nicht allein kommen, knalle ich Sie ab, bevor Sie Bodenberührung haben.»

«Alles klar», sagt der Pilot noch einmal, «ich starte.»

Joe geht aufgeregt auf und ab. Von Kathrins Moped nimmt er einen Leinensack und stellt ihn neben das Bleischürzenbündel. Immer wieder blickt er auf die Uhr und zum Himmel.

Auch Haußmann kontrolliert alle paar Sekunden seine Uhr. «Er muß gleich da sein», flüstert er. Fast im gleichen Moment hört man die Rotorgeräusche.

Joe stellt sich breitbeinig direkt vor die Stahltür; das Walkie-Talkie hält er mit der linken Hand ans Ohr, mit der rechten zieht er eine Pistole aus der Tasche. «Sie sind gleich da», sagt er in das Gerät. «Jetzt runtergehen . . . Was soll das – nicht rauf; *runter* hab ich gesagt . . .»

Der Pilot hat die Maschine senkrecht nach oben gezogen, kommt nun aber langsam wieder tiefer.

«Stopp!» brüllt Joe, als die Maschine zirka zehn Meter über ihm ist; «jetzt gehen Sie vollends herunter und werfen das Geld raus.»

Die Stimme des Piloten ist ruhig und beherrscht: «Nicht solange Sie die Waffe auf mich richten.»

«Also gut», sagt Joe, «ich stecke sie weg.» Dann tritt er in die Türfüllung der Pumpstation. Tiefer senkt sich der Helikopter, der Pilot schiebt die Tür auf, ein großer schwarzer Koffer plumpst auf die Erde.

Dann geschieht fast alles auf einmal.

Joe stürzt aus der Tür, hat die Pistole wieder in der Hand und feuert auf den Hubschrauber; der Pilot zieht seine Maschine schräg nach oben weg und bleibt über den Baumkronen stehen. Dann tauchen vier Motorräder auf dem Waldweg auf. Kathrin gibt Gas und verschwindet zwischen den Bäumen. Joe schmeißt den Koffer auf den Gepäckständer seines Mopeds, der wie ein großer Einkaufskorb aussieht, und schwingt sich auf die kleine Maschine. Haußmann prescht aus dem Wald heraus und rennt mit gezogener Pistole auf ihn zu. Joe gibt Gas und folgt Kathrin, rast mit seinem Moped zwischen zwei eng stehenden Tannen hindurch in den Waldweg hinein. Die vier Motorräder nähern sich mit ohrenbetäubendem Lärm. Dem ersten Fahrer gibt Haußmann ein Zeichen: «Hier sind sie rein», brüllt er. Der Polizist gibt Gas, die Maschine steigt vorn hoch, knallt auf die Erde zurück und fegt, eine Staubwolke hinter sich herziehend, zwischen den beiden Tannen hindurch. Die drei anderen Motorräder folgen. Der Pilot landet seinen Helikopter neben der Pumpstation. Haußmann und Kilper gehen auf das unhandliche Bleischürzenpaket zu. Der Pilot gesellt sich zu ihnen, grüßt knapp und sagt: «Das ist also das gefährliche Zeugs . . .» Dabei tritt er mit dem Fuß leicht dagegen.

Die starren Bleischürzen bewegen sich unter dem Tritt, falten sich von selbst ein wenig auf; Ränder kippen zur Seite, der ungeordnete Haufe öffnet sich wie eine Blume, deren Aufblühen mit Zeitraffer gefilmt wird . . . Sprachlos starren die drei Männer auf das Bündel hinab.

Leer. Nichts . . . Doch: ein Zettel. Kilper greift danach und zieht ihn heraus.

SUCHET, SO WERDET IHR FINDEN steht darauf.

Kathrin hat ihr Moped, gleich nachdem sie den Wald erreichte, vom Weg ab in eine Schonung gelenkt, ist abgestiegen und hat das Gefährt tief in das dichte Unterholz geschoben. Sekunden später war Joe am Rand der Schonung vorbeigerast, hatte nach hinten gefaßt und den Koffer in weitem Bogen zwischen die dicht stehenden jungen Tannen geworfen. Über Wurzeln und lose herumliegenden Ästen war er auf den schmalen Waldweg zurückgefahren und hatte ihn erreicht, als der erste der Motorradfahrer zwischen den Bäumen erschien.

Nun rast er in wildem Zickzack einen engen Trampelpfad entlang, fährt Slalom um Bäume und Sträucher, erreicht den oberen Rand eines tief eingeschnittenen Bachbetts, springt noch während der Fahrt von dem Moped, das mit heulendem Motor gegen einen Baum rast und als Schrotthaufen liegenbleibt. Joe erreicht den Bach und springt hinüber. Eine Kugel pfeift knapp über seinem Kopf vorbei und bohrt sich in einen Kiefernstamm. Joe rennt bachabwärts. Er bemerkt nicht, daß zwei Motorradfahrer das Wasser weiter oben mit ihren Maschinen überqueren können. Parallel zu ihm, auf der anderen Bachseite, fahren zwei weitere und halten sich auf gleicher Höhe mit ihm. Im Laufen zieht Joe die Pistole und gibt einen Schuß auf sie ab. Aber es ist sinnlos, zwischen Bäumen auf bewegliche Ziele zu schießen, und dann noch im vollen Lauf. Plötzlich sehen die Polizisten, die rechts vom Bach fahren, eine schmale Brücke auftauchen. Sie beschleunigen ihre Maschinen, erreichen den Übergang wenige Meter vor Joe und überqueren den Bach. Der junge Mann dreht sich um und versucht zurückzurennen, aber da erscheinen bereits die anderen beiden Motorradfahrer. Fast gleichzeitig springen alle vier ab und gehen hinter Bäumen in Deckung. Joe steht schwer atmend zwischen ihnen und stößt keuchend hervor: «Laßt gut sein, ihr Bullen, ich ergebe mich.»

Im Abstand von wenigen Minuten treffen bei Bienzle die Nachrichten ein. Er sitzt mit Luzifer allein in Bindernagels Chefzimmer. Der Junge beobachtet jede Bewegung des Kommissars. Von Telefonanruf zu Telefonanruf wird Bienzle ruhiger. Nichts von seiner inneren Anspannung überträgt sich nach außen. Seine knappen Bescheide geben keinen Aufschluß über den Fortgang der Aktion.

Allenfalls wundern sich Haußmann, Kilper, Hauser und die Motorradpolizisten über Bienzles Kommentare zu ihren Meldungen: «Sehr gut», sagt er, oder «na bestens», oder «prima!»

Haußmann starrt Kilper und den Piloten entgeistert an. «Ich melde ihm, daß das Geld weg ist, daß die Ionenaustauscher nicht da sind, daß uns das Mädchen durch die Lappen gegangen ist – und was sagt er? ‹Prima!› . . . Jetzt hat's den Bienzle endgültig erwischt.»

Bienzle sagt zu Luzifer: «Die Aktion ist abgeschlossen.»

«Und?» fragt der Junge.

«Wir haben Joe und das Geld; Kathrin ist entkommen.»

«Sie haben Joe und das Geld?» fragt Luzifer sichtlich überrascht.

«Ja», sagt Bienzle. «Und jetzt muß ich Sie leider offiziell festnehmen und zwei meiner Kollegen übergeben. Tut mir leid.»

Luzifer lächelt und sagt: «Macht nichts.»

Bienzle ruft zwei uniformierte Polizisten ins Zimmer und sagt fast beiläufig: «Der junge Mann hier bekommt Handschellen und wird besonders gut bewacht.»

Luzifer lächelt noch immer.

Vierzig Minuten später bringt Haußmann Joe Heusel in Bindernagels Chefzimmer. Bienzle sagt: «Lassen Sie mich mit ihm allein.»

Joe Heusel grinst den Kommissar überlegen an und höhnt: «Ein glatter Schlag ins Wasser.»

Bienzle zündet eine Pfeife an und lächelt zu Joe hinüber: «Wie man's nimmt.»

«Nehmen Sie's wie's ist», sagt Joe. «Wir haben das Geld und die

Ionenaustauscher; entweder bin ich in ein paar Stunden wieder frei, oder das alte Spiel beginnt von neuem.»

«Tja», lächelt Bienzle, «das Spiel.»

«Kann ich rauchen?»

«Aber ja, das geht ja auch mit Handschellen.»

«Die schließen Sie sowieso schneller wieder auf, als Sie denken.»

«Irrtum», sagt Bienzle. «Kathrin will Sie gar nicht wieder haben; ihr genügt der Erwin Pichowiak.»

«Alles Bluff», sagt Joe, aber er wirkt nun mit einem Mal nicht mehr so überlegen.

«Ach, wissen Sie», sagt Bienzle, «es ist mir völlig egal, ob Sie's für Bluff halten oder nicht. Das dauert zwei oder drei Tage, dann haben Sie es gespannt. Solange warte ich gern!» Dann sagt er eine ganze Weile gar nichts mehr.

Joe hat sich das anders vorgestellt: «Nennen Sie das ein Verhör?»

«Wie kommen Sie denn dadrauf?» sagt Bienzle freundlich; «wir warten hier gemeinsam, bis Kathrin Steinbach anruft.»

«Na bitte», sagt Joe.

«Ich biete Ihnen eine Wette an, daß die Dame Sie nicht rausholen will. Sie hätten Kathrins Onkel nicht erschießen dürfen.»

«Quatsch!»

Dann klingelt das Telefon.

«Bienzle hier . . . Ja. Ich habe Ihren Anruf erwartet . . .» *Quak quak quak* – eine weibliche Stimme. «Ja», sagt Bienzle, «das weiß ich . . .» *Quak quak quak.* «Wir haben wohl keine andere Wahl . . . Ja. Und Joe Heusel? . . . Sagen Sie, wie Sie sich die Übergabe vorstellen . . . Sie können das Zeug doch nicht mit der Post schicken . . . Gut, ich bin einverstanden.» Bienzle legt auf. Dann schaut er Joe Heusel eindringlich an und sagt: «Die Wette hätten Sie verloren. Aber Sie sind ja vernünftigerweise nicht darauf eingegangen.»

Joe Heusel ist bleich geworden: «Wenn das ein Trick ist, haben Sie eine Menge auf dem Gewissen. Kathrin wird . . .»

«Schnauze», brüllt Bienzle plötzlich, «das Fräulein Steinbach hat Sie reingelegt, schlicht und einfach reingelegt. Und das machen Sie mal gefälligst mit ihr ab, wenn Sie wieder draußen sind – falls Sie überhaupt noch mal rauskommen . . .» Dann reißt er die Tür auf und ruft: «Abführen! Der Mann wird sofort nach Stuttgart gebracht.»

Bienzle hastet über den Korridor, trifft Anne Muthesius und grinst. «Ich hätte Sie fast für die echte Kathrin gehalten, Forderungen können Sie stellen . . .!»

Schon rennt er weiter. Der Krisenstab wirkt weit weniger aktiv als noch vor wenigen Stunden; die Jacken hängen über Stuhllehnen, und die Krawattenknoten sind gelockert.

«Meine Herren», sagt Bienzle, «wir erwarten jeden Moment den

Anruf von Kathrin Steinbach. Sie ist im Besitz des Geldes, wie Sie wissen, und sie hat offensichtlich auch noch die Ionenaustauscher.»

«Unerhört!» – «Stümperarbeit . . .» «Sauerei . . .» Die Mitglieder des Krisenstabes überbieten sich in ihrer Erregung.

Bienzle dagegen lächelt fröhlich und sagt: «Tja, jeder macht Fehler, nicht wahr?» Dann läßt er sich an dem Konferenztisch nieder und beginnt, den Rest der belegten Brötchen zu vertilgen. Als das Telefon klingelt, meldet er sich mit vollem Mund:

«Hauptkommissar Bienzle; wer spricht, bitte? . . . Ja, ich habe Ihren Anruf erwartet . . . Wir sind selbstverständlich dazu bereit; vorausgesetzt, daß wir uns diesmal über die Übergabe einigen. . . . Oh, sehr clever . . . Aber vielleicht darf ich einen Vorschlag machen – Sie werden verstehen, daß wir uns nur einmal so reinlegen lassen wollen . . .» Er lacht leise in die Sprechmuschel hinein. «Hören Sie, ich bin insoweit einverstanden, daß ich mit den beiden Herren allein zu dem Treff fahre. Sie können dann beobachten, daß wir uns streng an Ihre Anweisungen halten . . . Ja, ich fahre zum Schloßplatz, genauer: zur Bolzstraße beim Schloßplatz, gehe zu den Telefonzellen bei der Hauptpost und nehme die weitere Weisung entgegen. Ich trage ein graues Jackett und werde eine Pfeife rauchen, außerdem bin ich 1,74 groß und . . . Na ja, stattlich, wollen wir mal sagen . . . Soweit alles klar. Und nun kommen meine Vorstellungen: Ich werde den beiden die Handschellen nicht abnehmen, die Gefahr ist mir zu groß; sobald ich die Ionenaustauscher habe, bekommen Sie den Schlüssel . . . Ja, danke schön; Wiederhören.»

Bienzle legt auf und schaut in lauter sprachlose Gesichter. «Sie können das Gespräch gleich abhören», sagt er, «das Band ist ja mitgelaufen. Jetzt nur soviel: Die Dame hat das Paket Ionenaustauscher über einem Trinkwasserreservoire montiert; wenn sie bis 17.00 Uhr ihre Männer nicht wiederhat, wird sie das Zeug hineinplumpsen lassen.» Er steht abrupt auf und geht hinaus, totale Verwirrung hinterlassend.

Auf dem Flur ruft er nach Haußmann und sagt: «Lassen Sie sich ein paar Handschellen verpassen und ziehen Sie die Klamotten von diesem Joe an, die Größe dürfte stimmen; alles weitere erkläre ich Ihnen auf dem Weg zum Wagen.» Zu einem Uniformierten sagt er: «Bringen Sie Pichowiak zu meinem Dienstfahrzeug.»

13

Auf der Fahrt nach Stuttgart läßt sich Bienzle Zeit. «Die Dame», sagt er, «wartet gern.» Er stellt seinen Wagen im Parkverbot vor dem Postamt 1 ab und geht zu den Telefonzellen. Er lehnt sich gegen eines der gelben Häuschen und beobachtet seinen Wagen scharf, bereit, einzugreifen, wenn sich jemand dem Fahrzeug nähert. Haußmann hat sich tief in die Polster sinken lassen und den Kragen von Joes Lederjacke hochgeschlagen. Ab und zu führt er beiläufig die Hände vor das Gesicht. Wer genau hinsieht, erkennt die Handschellen.

«Hallo», sagt eine sanfte Stimme.

Bienzle dreht sich um. Aus der Zelle neben ihm tritt ein schlankes, hochgewachsenes, recht apartes Mädchen.

«Fräulein Steinbach?» fragt er.

«Ja, ich bin Kathrin Steinbach. Ich habe von hier aus alles beobachtet; offensichtlich halten Sie sich an die Abmachung. Und wenn nicht, wäre es schlimm. Ein Freund von mir sitzt beim Wasserreservoire, und wenn ich mich dort nicht bis 17 Uhr melde, fällt das Zeug ins Wasser.»

«Ich verstehe», sagt Bienzle. «Und wie haben Sie sich das weitere vorgestellt?»

«Wir fahren gemeinsam hin; sobald wir auftauchen, nimmt mein Bekannter das Paket aus der Gefahrenzone und legt es neben dem Reservoire ab. Sie gehen zu Fuß zu dem Paket, während mein Freund zu Ihrem Wagen geht. Sobald Sie sich davon überzeugt haben, daß Sie die Ionenaustauscher erhalten haben, werfen Sie mir die Schlüssel für die Handfesseln und für Ihren Wagen zu.»

«Aha», sagt Bienzle. «Und wer sagt mir, daß da nicht Bonbons statt Ionenaustauschern drin sind?»

«Ich sage es Ihnen. Glauben Sie mir, wir sind froh, wenn wir das Teufelszeug los sind.»

«Also gut», sagt Bienzle. «Gehen wir.»

Sie überqueren die Straße und gehen auf Bienzles Wagen zu. Plötzlich richtet sich Luzifer auf und brüllt: «Hau ab! Das ist eine Falle.» Kathrin Steinbach bleibt sekundenlang stehen, sieht sich um, sagt atemlos: «Das ist ja gar nicht Joe.»

Bienzle, der das Mädchen galant am Arm geführt hat, packt fester zu und sagt: «Stimmt, es ist nicht Joe. Dafür sind die Ionenaustauscher ja auch nicht wirklich Ionenaustauscher.»

«Was reden Sie denn da?» fährt das Mädchen auf.

Überrascht schaut Bienzle ihr in die Augen: «Das wissen Sie nicht?»

«Was weiß ich nicht?»

«Es sind Attrappen. Bonbons vielleicht, oder Liebesperlen – was weiß ich.»

«Sie müssen verrückt geworden sein!»

«Eine Frage, Fräulein Steinbach . . .» Bienzle steht noch immer mit dem Mädchen auf der Straße und unterhält sich mit ihr als ob er gerade eine gute alte Bekannte wiedergetroffen hätte: «Wußten Sie wirklich nicht, daß es sich um fingierte Ionenaustauscher handelt?»

«Das ist doch alles gar nicht wahr! Sie machen den größten Fehler Ihres Lebens, wenn Sie das glauben! Joe hätte mir das gesagt, das weiß ich!»

Langsam dreht Bienzle den Kopf und sieht Luzifer an. «Joe hat es wohl auch nicht gewußt . . .» Dann stößt er Kathrin Steinbach unsanft in den Dienstwagen und befiehlt Haußmann: «Handschellen!»

Auf der kurzen Fahrt zum Landeskriminalamt schweigen alle verbissen. Nur Bienzle summt vor sich hin, falsch, aber fröhlich. Im Rückspiegel sieht er, daß Luzifer das Gesicht des Mädchens nicht aus den Augen läßt, aber Kathrin starrt nur vor sich hin, als ob sie mit offenen Augen einen Alptraum träumen müßte.

Bienzles Büro ist unaufgeräumt; Aktenberge stapeln sich. Es riecht stickig in dem spärlich möblierten Zimmer.

«Igitt», sagt Kathrin Steinbach.

Bienzle lächelt sie an: «Ich bitte um Entschuldigung.» Er öffnet die Tür zum Nebenzimmer und sagt zu einer unsichtbaren Person: «Ich will nicht gestört werden, aber besorgen Sie uns in der Kantine bitte etwas zu essen und eine große Kanne Kaffee.»

Der Kommissar verteilt die Plätze: «Nehmen Sie bitte mir gegenüber Platz», sagt er zu Luzifer, und zu Kathrin: «Sie bekommen den Besuchersessel daneben, Herr Haußmann setzt sich an den Schreibmaschinentisch . . . So. – Eine Frage, Herr Pichowiak: Muß man eigentlich Ionenaustauscher stehlen, um jemand damit erpressen zu können?»

Luzifer sieht an ihm vorbei und sagt betont beiläufig: «Die Frage verstehe ich nicht.»

Geduldig redet Bienzle weiter: «Mal angenommen, zwei Mitarbeiter im KKW müssen den radioaktiven Abfall in die Tonnen einbringen, die später ausgegossen und ins Salzbergwerk Asse transportiert werden . . .»

«Das ist der normale Vorgang.»

«Gut. Ich gehe mal davon aus, daß einer einsortiert und der andere eine Liste anfertigt oder auf einer Liste abhakt, was da im Faß verschwunden ist.»

«Stimmt.»

«Jetzt spekuliere ich einmal: An jenem Tag hat Herr Kanzleiter das Faß gefüllt, und sein Lehrling Erwin Pichowiak hat auf der Liste abgehakt. Bei sechs Ionenaustauschern hat ihm freilich der Stift den Dienst versagt, will sagen, der Erwin Pichowiak hat keine Haken hingemalt, obwohl die Ionenaustauscher in das Faß gewandert sind . . .»

Luzifer rutscht auf seinem Stuhl hin und her. «Das ist doch alles Unsinn!»

«Lassen Sie mich doch mal spekulieren . . . Es war schon schwierig, eines dieser Päckchen hinauszuschmuggeln; aber weitere sechs . . .? Also ich weiß nicht . . .»

In diesem Moment bringt eine Sekretärin ein Tablett mit belegten Brötchen, Tassen und einer Kaffeekanne herein und knallt es wortlos auf den Tisch.

«Entschuldigen Sie», sagt Bienzle zu Kathrin und Luzifer, «die Dame ist bei uns nämlich nicht als Kaffeeholerin engagiert.» Mit hochrotem Kopf verläßt das Mädchen das Zimmer.

Bienzle schaut auf die Uhr: «Es ist fünf Minuten vor siebzehn Uhr.»

Die beiden reagieren nicht.

«Wollen Sie vielleicht einen Anwalt?» fragt Bienzle und beißt in ein Brötchen. Er bekommt keine Antwort.

«Nun gut», sagt Bienzle und lehnt sich auf seinem häßlichen gelbbraunen Bürostuhl zurück, daß das Möbel ächzt. «Sie, Herr Pichowiak, haben sich bereit erklärt, ein Päckchen mit Ionenaustauschern herauszuschmuggeln, und damit haben Sie nicht wenig Eindruck gemacht bei Herrn Doktor Steinbach und bei Ihren neuen Freunden Joe und Kathrin. Joe erkennt schnell, daß dieses Zeug im wahrsten Sinn des Wortes Gold wert ist. Er schlägt Ihnen den großen Coup vor. Voraussetzung ist natürlich, daß Sie mehr von dem Zeug herausschaffen können. Auf keinen Fall wollen Sie Ihren Freund enttäuschen . . .» Bienzle unterbricht sich und schaut auf die Uhr, dann sieht er die beiden scharf an: «Es ist siebzehn Uhr.»

Kathrin springt auf. Luzifer rutscht ein wenig in sich zusammen, zeigt aber keine Gemütsbewegung.

«Sind jetzt eineinhalb Millionen Menschen vom Krebs bedroht?» fragt Bienzle mit atemloser Stimme.

Luzifer schüttelt stumm den Kopf.

Der Kommissar macht einen langen, tiefen Atemzug. «Gott sei Dank!»

Haußmann richtet sich plötzlich kerzengerade auf: «Heißt das, Sie haben nicht sicher gewußt . . .?»

«Sagen wir mal so: Ich habe es geahnt – was meinen Sie, warum wir die Wasserleitung stillgelegt haben? Trotzdem, ich hatte keine besonders großen Zweifel. Kanzleiter mag entgangen sein, daß Herr Pichowiak *ein* Päckchen organisiert hatte, aber bei *sechsen* – das wäre ihm aufgefallen; jeder im Werk bestätigte mir das. Wenn überhaupt sechs Päckchen weggekommen wären, dann hätten alle aus einer Ladung sein müssen. Niemand konnte glauben, daß Kanzleiter gerade bei Erwin Pichowiak, dem er nicht über den Weg traute, so nachlässig war . . . Aber es interessiert mich nun doch, warum Sie mir diesen Sachverhalt nicht früher mitgeteilt haben, Herr Pichowiak.»

Luzifer hebt hilflos die Schultern.

«Selbst jetzt wollen Sie nicht so recht zugeben, daß Sie nicht leisten konnten, was die anderen von Ihnen erwarteten?»

Der Junge rutscht noch tiefer in seinen Stuhl und zieht den Kopf zwischen die Schultern. «Lassen Sie ihn doch», sagt Kathrin weich.

Bienzle sieht ihn einen Moment eindringlich an, dann sagt er, ohne den Kopf zu wenden: «Haußmann, lassen Sie den Heusel vorführen.»

Bis Joe hereingeführt wird, spricht niemand.

Vor Kathrin bleibt der hochgewachsene junge Mann stehen und starrt sie an: «Du wolltest mich also leimen, was?»

«Ich . . .?» Das Mädchen ist fassungslos.

«Keine Privatunterhaltungen!» fährt Bienzle dazwischen. Zu dem uniformierten Beamten, der Joe gebracht hat, sagt er: «Nehmen Sie Herrn Pichowiak mit; Herr Heusel kann sich auf seinen Platz setzen.»

Luzifer steht langsam auf und geht an Joe vorbei auf den Polizeibeamten zu. Dabei hebt er seine gefesselten Fäuste, als ob er zum Schlag gegen Joe ausholen wollte, dann läßt er seine Arme kraftlos fallen. Schweigend läßt er sich abführen.

«Wo ist das Zeug?» will Joe von Kathrin wissen.

«Hier stelle ich die Fragen, junger Mann», sagt Bienzle. «Warum haben Sie Doktor Steinbach erschossen?»

«Hab ich das?»

«Ich denke, ich werde es Ihnen beweisen können», sagt Bienzle gleichmütig. «Es gibt Zeugen dafür, daß Sie auf den Journalisten Kilper geschossen haben», lügt er, «die Geschosse sind aus derselben Waffe. Es gibt ferner eine Menge Beweise dafür, daß Sie zur Tatzeit in der Jagdhütte Doktor Steinbachs waren . . . Das Gericht möchte ich sehen, das in einem solchen Fall nicht zwei und zwei folgerichtig zusammenzählt.»

Joe denkt nach, dann sagt er: «Haben Sie Doktor Steinbach gefunden?»

Bienzle nickt.

«Wie?»

«Tot. Erschossen.»

«Hast du ihn umgebracht?» fragt Joe plötzlich zu Kathrin hinüber.

Die starrt ihn mit weit aufgerissenen Augen an, dann sagt sie: «Du weißt doch ganz genau . . .»

«Ich will einen Anwalt», unterbricht Joe das Mädchen.

«Wird gemacht», sagt Bienzle. «Wissen Sie, wen Sie wollen?»

«Rufen Sie die Anwaltskammer an, ich will mit denen sprechen.»

Während Bienzle wählt, beginnt Kathrin mit der Fußspitze an den Schreibtischschubladen zu spielen. Sie zieht absichtslos die Fächer nacheinander heraus. Plötzlich erstarrt sie in der Bewegung. In einer der Schubladen liegt eine Pistole. Joe entdeckt sie im selben Moment.

«Ist dort die Anwaltskammer?» fragt Bienzle.

Joe beugt sich ein klein wenig nach vorne.

«Hier ist Kommissar Bienzle von der Kripo . . .»

Joe läßt langsam seine gefesselten Hände über die Knie nach vorne gleiten.

«Na gut, dann verbinden Sie mich mit dem», sagt Bienzle unwirsch.

Joe geht noch ein wenig tiefer mit dem Oberkörper; seine Fingerspitzen berühren das kalte Metall.

«Guten Tag, Herr Doktor Weiser; hier Bienzle . . . Wir suchen für einen Mordverdächtigen einen Anwalt . . .»

«Nicht mehr nötig», sagt plötzlich Joe scharf und steht ruckartig auf. Er richtet die Waffe auf Bienzle.

«Nicht mehr nötig», sagt Bienzle automatisch ins Telefon und legt auf.

Joe lacht leise.

«Welcher Idiot hat die Pistole unverschlossen liegen lassen?» mault Bienzle ärgerlich und schlägt dabei mit der flachen Hand auf den Schreibtisch.

Haußmann läßt seine Hand langsam zum Schulterhalfter wandern.

«Vorsicht, der da drüben», sagt Kathrin.

Joe fährt herum.

«Haußmann, mach keinen Unsinn», sagt Bienzle.

«Sehr vernünftig», sagt Joe, «dann will ich mal gehen.» Kathrin will aufstehen. «Du kannst dableiben; schließlich wolltest du mich ja auch nicht rausholen.»

«Wie kommst du denn da drauf?» fragt das Mädchen perplex.

«Hab ich mitbekommen . . . Das heißt . . .» Joe beugt sich vor: «Ach, so war das! Sehr schlau. Dafür sollte ich dich umlegen, Bulle.»

Bienzle lächelt. «Mitten im Polizeigebäude? Mann, Mann, nach dem Schuß sind Sie von zwanzig Mann umstellt.»

«Geben Sie ihr die Schlüssel für die Handschellen», befiehlt Joe. «Nein, sie soll sie sich selber rausholen.»

Noch einmal versucht Haußmann, an seine Pistole zu kommen, als das Mädchen in seiner Jackentasche nach den Schlüsseln sucht.

«Noch eine Bewegung, und es knallt!» Joe hebt die Waffe um ein paar Millimeter.

Kathrin fesselt die beiden Beamten dicht nebeneinander sitzend mit den Füßen an ihre Stühle.

«Komm», sagt Joe und bewegt sich rückwärts zur Tür.

Im selben Augenblick klopft es, und ohne auf das «Herein» zu warten, stößt Hans Kilper die Tür auf und kommt ins Zimmer. In der rechten Hand trägt er eine schmale Reiseschreibmaschine.

Schneller als Joe hat er die Situation erkannt. Ansatzlos schleudert er die Maschine in Richtung Joe, der sich noch nicht ganz zu dem Eindringling umgedreht hat. Die Schreibmaschine trifft ihn am Kopf; er taumelt zurück, ein Schuß löst sich, das Geschoß fährt in den Türrahmen direkt neben Kilper, Haußmann springt auf, reißt den an ihn gefesselten Kommissar vom Stuhl; beide stürzen übereinander. In der Tür erscheinen drei uniformierte Beamte, die alle gleichzeitig ins Zimmer wollen und sich dabei im Türrahmen verkeilen . . .

Keiner weiß später genau zu erzählen, wie es schließlich gelungen ist, den betäubten Joe und seine Komplicin endgültig festzunehmen.

Als zwei Beamte schließlich Joe und Kathrin abführen, müssen sie an

Anne Muthesius vorbei, die fassungslos unter der Tür steht, auf den am Boden hockenden gefesselten Bienzle starrt und fragt: «Was ist denn um Gottes willen hier passiert?»

«Herr Kilper hat soeben mal wieder eine seiner Heldentaten begangen», sagt Bienzle säuerlich, während ein Beamter die Handschellen, mit denen der Kommissar an das Stuhlbein gefesselt ist, aufschließt.

Felix Huby

Ernst Bienzle, 37 Jahre alt, 1,88 Meter groß, mit Brille und Phlegma und Bauchansatz, mit einer Schwäche für Sauerbraten mit Spätzle und Soße, Kriminalkommissar und Leiter der Stuttgarter Mordkommission, verheiratet, ein Häuschen am Stadtrand...
Mit dieser Figur des schwäbischen Gemütsmenschen ist **Felix Huby**, ehemaliger Spiegel-Korrespondent, mittlerweile erfolgreicher Drehbuchautor, einer der bekanntesten deutschen Kriminalautoren geworden.

Bienzle stochert im Nebel
(thriller 2638)
Oberflächlich betrachtet tut Hauptkommissar Bienzle nichts: Er fragt ein bißchen, er redet ein bißchen und hört zu ...

Bienzle und die schöne Lau
(thriller 2705)
Einen Mörder, der sich beim Mordanschlag selbst ermordet, hat es in Bienzles Laufbahn noch nicht gegeben...

Bienzles Mann im Untergrund
(thriller 2768)

Bienzle und das Narrenspiel
(thriller 2872)
Männer Frauen und Kinder in den buntesten Kostümen tanzen durch die Straßen – und ein ausgebrochener Sträfling, der Rache nehmen will...

Bienzle und der Sündenbock
Kriminalstories
(thriller 2958)

Gute Nacht, Bienzle
(thriller 3066)

3011/2

rororo thriller

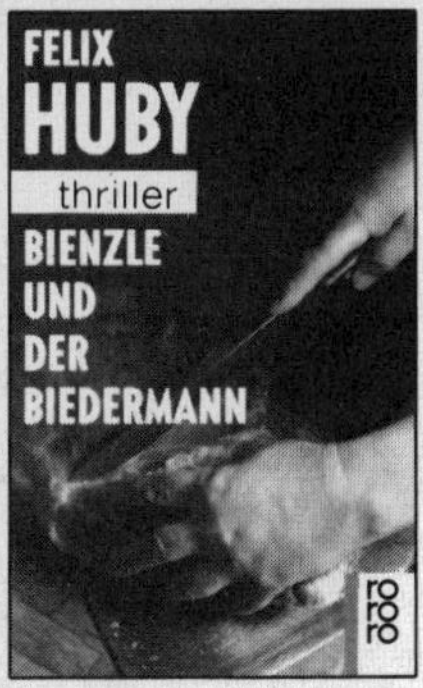

Bienzle und der Biedermann
(thriller 3077)
Fleisch, dessen Verfallsdatum kurz bevorsteht, wird in die Ostländer transportiert. Man macht Profit und kassiert Subventionen... Kein leichter Fall für Bienzle.

Ach wie gut, daß niemand weiß...
(thriller 2446)

Der Atomkrieg in Weihersbronn
(thriller 2411)

Sein letzter Wille
(thriller 2499)
Optiker Kissling kämpft gegen die Baumafia in seiner Kleinstadt – bis er eines Morgens mit einem Genickschuß tot gefunden wird...

Schade, daß er tot ist
(thriller 2584)
«... der beste Huby, der bisher erschienen ist.»
FAZ-Magazin

Tod im Tauerntunnel
(thriller 2422)